诗词伴我行

梁阿筠 著

中国戏剧出版社
CHINA THEATRE PRESS

图书在版编目（CIP）数据

诗词伴我行 / 梁阿筠著. -- 北京 ： 中国戏剧出版社， 2024.6

ISBN 978-7-104-05500-6

Ⅰ. ①诗… Ⅱ. ①梁… Ⅲ. ①诗词－作品集－中国－当代 Ⅳ. ① I227

中国国家版本馆 CIP 数据核字（2024）第 103566 号

诗词伴我行

责任编辑： 肖　楠
项目统筹： 杨秋伟
责任印制： 冯志强

出版发行： 中国戏剧出版社
出 版 人： 樊国宾
社　　址： 北京市西城区天宁寺前街 2 号国家音乐产业基地 L 座
邮　　编： 100055
网　　址： www.theatrebook.cn
电　　话： 010-63385980（总编室） 010-63381560（发行部）
传　　真： 010-63381560

读者服务： 010-63381560
邮购地址： 北京市西城区天宁寺前街 2 号国家音乐产业基地 L 座

印　　刷： 北京九州迅驰传媒文化有限公司
开　　本： 880mm×1230mm　1/32
印　　张： 6.75
字　　数： 140 千字
版　　次： 2024 年 6 月　北京第 1 版第 1 次印刷
书　　号： ISBN 978-7-104-05500-6
定　　价： 78.00 元

我热爱诗词，它像天空中洒下的一片光，见证了我的成长，伴随着我的一生。

——梁阿筠

目录

引　子

爱情是文学艺术永恒的主题，甜美幸福的使我羡慕赞赏，凄凉哀婉的使我悲痛哀伤。但无论是笑声还是眼泪，再好的故事，激动几天后复归平静，依然它是它，我是我，丝毫不影响我的日常生活。可这次发生在我身边的故事，不仅使我惊奇、震撼，而且也把我卷入其中。几经失眠，反复思虑，我终于决定出版这本诗文集《诗词伴我行》。

出书与这个爱情故事有关吗？有！诸君莫急，且听我细细道来。

二〇二三年十月十八日，我们西南师范学院（今西南大学）中文系一九六一届的三个同班校友，决定上午十点在成都文化公园茶园聚会。我、尚齐瑞、周新干自退休后，几乎年年都要相聚。心怀坦诚，真情相待，从不虚伪客套的我们，什么话都可以说。

十点左右，我和齐瑞几乎同时到达。刚泡好茶，新干也匆匆忙忙地赶到了。只见他精神抖擞、容光焕发，手里拿着两本杂志，一入座没有过多的寒暄，就直奔主题："我写的诗获奖了！"

我和齐瑞微微一笑，分别各拿一本杂志翻阅起来。杂志名称叫《中国当代词曲作家》，里面果然有好几首新干写的诗。有一本杂志的封面上还赫然印着新干的全身肖像。

我知道，新干的文字功底不错。他是达州市第一中学高中尖子班的语文老师，以后又调任达州职业技术学院中文系的系主任。他发表过不少文章，也出过书，但写诗却出乎我的意料。他看着我们吃惊的样子，紧接着说："我之所以能写诗，是因为我恋爱了！"

"什么，你恋爱了？"我和齐瑞大吃一惊。

"是呀，我恋爱了。我第一次尝到了爱情如此甜蜜，如此美好！爱情给我动力，催我上进，使我充满了青春的活力。"他越说越来劲儿，像一个演说家，"我现在看世界一切都那么美好，整天都陶醉在幸福之中。"

"老兄，你多少岁了？"我忍不住打断了他的话。

"八十三。"他明白我的用意，喝了口茶，又高谈阔论起来："老年人的爱情权利被剥夺了？没有资格恋爱啦？告诉你，爱情能使人变得年轻，爱情能激发人的潜能。我那天走了两万多步竟然一点不累，我满头白发已长出了青丝！"说到这里，他把头偏了偏，让我们能清楚地看见他新长出来的黑发。

我们都知道新干有过一段失败的婚姻，如今孤身一人住在养老院，但怎么又恋爱了？我们既好奇又好笑，急忙叫他闲话少说，言归正传。

他喝了口茶，清了清嗓子，慢慢给我们讲了起来。

原来，几十年的教书生涯，他教了很多学生。这些学生又遍布全国各地。八十岁时，学生们要给他祝寿。于是，若干个学生微信群同时发了同样的通知：某月某日，相聚成都，给我们敬爱的新干老师祝寿。

不久，新干收到了从广东省珠海市寄来的一幅山水画，署名“汪洋”。信中说，路途遥远，她不能前来。出于对老师的敬爱，特意绘了这幅山水画。不知是哪根神经触了电，新干深深地被这幅画所吸引。他特意请装裱师装裱起来，生日聚会那天当众隆重做了展示。

事后打听，才知道汪洋是高八二级尖子班的学生。现在不但是画家，还酷爱诗词写作。孀居多年，如今和父母一起居住在珠海市。就这样通过微信，他们二人研讨起诗歌来，一同写作，一同修改，一同发表，一同进步。一来二往，情趣相投，他们越走越近，关系也越来越密切。八十多岁的新干坠入了爱河。

新干说，没有汪洋，他不知道自己还能写诗，当然更不用说获奖了。我说，这不奇怪，你原本就有写诗的潜能，只是没有展示出来罢了。就像一个炸药包，如果没有导火线引爆，久而久之就分解失效了。汪洋就正好是那根导火索，引爆了你这个炸药包。

周新干高兴地说：“阿筠这比喻说得好，非常精辟到位！”

看着一脸幸福的新干，我继续追问道：“现在进展到哪一步了？”新干又喝了口茶，坦率地说：“我多次向她表白，可都被她婉拒了。汪洋说：‘人生有三个伴侣：一个是灵魂伴侣，一个是事业伴侣，一个是生活伴侣。我已得到了两个，够幸福的了。’今年（二〇二三）一月我去珠海，受到她非常热情的款待。不但陪着我游了大半个珠海，还手牵手地逛了澳门。但是有一点，就只能停留在互相尊重、亲密无间的朋友关系上。”

“你今后怎么打算呢？”

“继续追啊！她拒绝一次我追一次，决不气馁。我知道我们之间的差距很大，但我确实爱得太深了。”他边说边翻开杂志，给我们看他写的一首诗，题目竟然是：《癞蛤蟆写给白天鹅的情书》。我和齐瑞都忍不住同时大笑起来。

亲爱的白天鹅，
我是爱你的癞蛤蟆。
你在蓝天翱翔，
我在大地俯卧。

你用轻盈的舞姿绘画，
我咕咕直叫为你唱歌。
你我两心相契，
就像国画配诗歌。

天鹅有天鹅的靓丽，
蛤蟆有蛤蟆的情趣。

我们为差异而惊喜，
爱的过程才是最美丽的。

“太搞笑了。癞蛤蟆居然给白天鹅写情书，以前的文艺作品从来没有出现过。”我半开玩笑半认真地说，“这个点子新，亏你放得下身架。”

“阿筠，我希望你把这个故事写出来。”新干殷切地望着我。

“不行，不行，我可没有这个本事。”

“怎么不行？你是戏剧家，我相信你有这个能耐。”

“写剧本要有矛盾冲突。老兄，你这矛盾冲突太少了。不过，你那《癞蛤蟆写给白天鹅的情书》，我倒可以试着写个之二、之三。”

“太好了，太好了！”新干兴奋起来，“回去就写，今晚就写！”

看着他那迫不及待的样子，我和齐瑞又都大笑起来。

……

当晚在小区散步，我边走边打腹稿。转了几个大圈后，我回家写了起来，就像年轻人追求自己的爱情那样，心中充满了激情。

（二）

你栖息的浅滩是我心灵的港湾，
你构筑的香巢是世间神圣的乐园。

只要你洁白的羽毛在阳光下一闪，

啊，

惊雷疾电，心潮冲天。

亲爱的，无须吃肉，

我已醉卧琼瑶，迷跌尘寰。

我只能永远仰望着你呀——白天鹅，

痴痴地、痴痴地，

一天天、一年年，永远永远！

（三）

我知道世俗嫌弃我，

但我并不邪恶。

我用皮上的腺液，

治好了世人无数沉疴。

今天，你——

我日夜思念的女神，

形单影只，空寥寂寞。

我不需知道谁伤害了你，

但我只想为你唱一支慰藉的歌。

轻轻地走到窗下，

仰望着你洁白的躯体，

满怀深情地：“咯咯咯，咯咯咯……”

（四）

癞蛤蟆趴在岸上，
痴痴地望着汪洋。
白天鹅在洋上飞，
癞蛤蟆在岸边想：
祈愿思恋能化成一叶轻舟，
在洋上和白天鹅一起尽情徜徉。
仁慈的上帝尚且能关门、开窗，
白天鹅，你也一定有收容我的雅量。

我把诗发给了新干，不一会儿就收到了他热情的回复。原文如下：

驰骋想象，诗情泉涌。佩服你。继续写，写到“十”也不为过。今晚可好好休息，明天继续你的系列。我立即发给汪洋，让她见识一下戏剧家的才情。

接着，就是一连串竖着的大拇指和微笑的图标。

得到新干的认可，我安然入睡。第二天一早，我又挥笔写了第五首和第六首。

（五）

两万多步显示在计步器上，
我心花怒放，神采飞扬。
双腿充满了用不完的力量。
当你牵着我的一刹那，
两手相交，
天哪，我心中灌满了玉液琼浆！
珠海，你吟诗作画的福地；
珠海，我魂牵梦绕的地方。
海风，细浪；
绿树，夕阳。
从此，它们将夜夜伴随着我进入梦乡。

（六）

白发为什么变成了青丝，
谁能回答这个神奇？
我跳动的心从冥想中得到了答案：
因为，因为遇见了你！
你的话语像滴滴甘露，
使干涸的泥土迸发出勃勃生机。
你的笑容像天空的云霓，

荒芜必须变得美丽。

因为有了你，有了你——

瘦弱的身躯也蜕变成强悍的肢体！

下午收到新干的语音回信，照抄于下：

阿筠，读了你的诗后我非常高兴。我把你写的诗全部转发给了汪洋，她读了，她也觉得我的同学是个诗才，写得很好。我的总体感觉，你是一包炸药。而且，你这炸药的威力比我的还要猛。我现在想的是如何将你这包炸药引爆。你在这么短的时间内，竟然写了五首，非常佩服你……

下面都是一些赞扬的话，就不一一赘述了。

新干和汪洋的鼓励使我振奋，他们极力想引爆我，使我感动。我想，我不应该让他们感到失望，应该有所作为。我中学时期就喜欢诗词，读大二时就在《星星》诗刊上发表了处女作《春雨飘进蔡家湾》。在以后的学习、工作中，只要有所感悟，往往就要写上几句。直到退休后的今天，依然如此。可以说，诗词伴随着我的成长，伴随了我的一生……

我的抽屉里明明存放着早些年书写的百余首诗稿，加上现在在微信朋友圈发的，出一本诗集应该够了。但为什么一直按兵不动呢？因为觉得在物欲横流的今天，喜欢诗歌的朋友不多了。即使发表了，谁看呢？是夜，我失眠了。辗转反侧，想呀想，最终想出了一个办法：我把当时写诗的情景一并写出来，这既有利于读者阅读，而那些有趣的小故事，也不会使诗歌读起来乏味。对，就这么办。于是，《诗词伴我行》就在新干、汪洋的神仙恋中诞生了。

临了，还需弱弱地说几句："诗仙"李白吟唱无数，我们熟知的似乎也不太多；而陆游诗作上万，脍炙人口的也就那么几首。小子何许人也？倘若有一两首能够进入诸君的慧眼，那我就烧高香了。

第一章　西师岁月

西南师范学院位于重庆北碚，它的风景在全国高校中也是非常有名的：绿树成荫，繁花似锦，雄伟的教学大楼，宽阔、平坦的林荫大道。尤其晚上，在璀璨灯光的映衬下，在我这个来自偏僻小城的孩子眼中，简直就是人间仙境。住得舒适，吃得丰盛。棉衣、蚊帐、被盖，甚至洗脸盆，都由学校免费发放。那时，我感觉好像掉进了蜜罐里一样。尤其使我陶醉的是图书馆，浩如烟海的图书，使我爱不释手。就像一只夏天的鹅，见了水恨不得连头带尾全扎进水里。看书，一个劲儿地看书，稍有一点空闲就去看书。晚上，中文系的图书馆，我基本上是到点了，被管理员叫离的最后几个学生之一。

我的记忆力好，知识增长得很快。古今中外的知识我都能侃上一阵子，以至于有的同学说我的知识与年龄不成比例。

同学由两部分组成，主要是高中应届毕业生，也有相当一部分是调干生。调干生的年龄普遍比我大十岁左右。中文系从一九五七级开始是六个班，每个班三十人。经过四年学习，退学的、开除的林林总总减少了三分之一。毕业时，只剩下四个班。

我安分守己，与人为善，所以和同学关系都很好。尤其那些大哥哥、大姐姐们还老爱逗我玩。

无论如何我都没有想到，我的人生命运竟与我们班上两个同学息息相关。

一个是陈选梅，因为她，我才去了巴中。在巴中一待就是三十年，度过了我的前半生。

一个是袁余伦，因为他，我才离开了巴中。由北到南，闯荡江湖，度过了我的后半生。

我和陈选梅，只是一般的同学关系。她比我大，性格温和，处事低调。我们走得很近，有点像今天人们说的“哥们”。毕业时，我们相互送了相片。我在送给她的相片后面写了一首藏头诗：

选得良辰再拜君，
梅花吐香叙离情。
留下西师好风景，
存影勿忘送影人。

乍一看，有几分暧昧，其实一点别的意思都没有。当时通信不发达，毕业后，天各一方，连基本的联系都没有。直到五十多年后，才在成都重逢。

袁余伦和我关系密切，无话不说，用今天的话说就是很

“铁”。他曾说，如果他是女的，一定会嫁给我。他看起来随和，实际上倔强。他工作能力强，写得一手好字，文笔也相当不错。毕业后，也天各一方，断了联系。好多年后再见面时，他已是《四川日报》的高级记者、《文摘周报》的主编了。

一个周末，我从图书馆回宿舍，在寝室附近碰见了他。我问他：“这么晚了，还游荡什么？”

他说：“睡不着。”

我说：“没去跳舞？”

他说：“跳了。”

我说：“还没跳累？”

他说：“阿筠，我失恋了。”

我大吃一惊：“你又没有恋爱，怎么会失恋？”

他说：“小芊爱上别人了。”

我说：“小芊只是你的一个舞伴，她爱上别人了，你吃哪档子醋？”

他说：“我有点喜欢她。”

我问：“你向她表白过吗？”

他说：“没有。”

我说：“既然只是喜欢，又只是‘有点’，也没有表白，怎么能叫失恋？”

他说：“我后悔没有抓紧。”

我说：“也是，有些东西，往往失去了，才知道宝贵。”

他说：“你说，我该怎么办？”

我说：“怎么办？正视现实。过去的事就让它过去吧。总结经验，吸取教训。坚决不吃后悔药。”

他说：“你回去吧，我吹吹风就睡。”

看着他那垂头丧气的样子，我想多说也没用，就让他吹吹风吧。我只说了一句：“注意点，莫吹凉了。”

回到寝室，我也没有了睡意，还想再劝劝他。我提起笔来，东涂西抹地写了一首七言诗。

赠余伦君

勿须苦恼勿须烦，
塞翁失马非笑谈。
相如弹琴得佳丽，
山伯访友丧黄泉。
西厢传书莺莺喜，
沈园题诗陆游难。
成败得失皆是命，
不怨伊人不怨天。

写完放在他的床上，我洗把脸就睡觉了。

我们中文系学生宿舍在桃园。每个房间的标配是四张高低床，住八个人。与我同寝室的有胡文清、谭中开、罗荣汉、袁余伦等。后来，学校又在音乐科附近修建了一排宿舍，叫“梅园”。学校通知我们搬过去。有的同学嫌音乐科练声、弹琴太吵，不如桃园安静，不愿搬。大家一时七嘴八舌闹哄哄的，见我回来了，要我发表“高见”，而且要用诗的形式。他们年龄都比我大，尤其是胡文清、谭中开是调干生，更爱逗我玩。由于我在《星星》诗刊上发表过诗，所以大事小事都要我“酸”几句。我也爱热闹，但这种情况，怎么能用诗呢？

胡文清说：“四言八句就行。”

谭中开说：“对，就打油诗。”

我一时兴起：“好，打油诗。大家听好了：

桃园搬梅园，

休要闲扯淡。

谁说都不算，

校令大如天！”

胡文清说：“对，是这个理儿。”

谭中开说：“来，接着说。”

我说：

“桃园搬梅园，

半天就搬完。

两处都一样，

反正不要钱。”

大家都笑了起来。

袁余伦说：“多少要做点思想工作呀。”

我对他说：

“桃园搬梅园，

莫打小算盘。

桃园离街近，

不搬是贪玩。”

袁余伦说：“离街近买学习用品也方便呀，怎么就一定是贪玩呢？”

罗荣汉说：“桃园名字好听，桃李满天下。梅园搞不好真成了‘霉园’。”

同学们又笑了起来。

我说：

“桃园搬梅园，

名称休纠缠。

桃花虽鲜艳，

梅花更耐寒。”

谭中开说：“曹雪芹都说：‘千红万紫，终让梅花为魁。’”

同学们一起说：“好，搬、搬、搬！”

我更是提高嗓门，继续发挥：

“桃园搬梅园，

拖拉讨人嫌。

含笑迁新居，

新居迎新年！”

大家又是一阵哄笑。

西师四年，我就是这样愉快度过的。

一湾秋水，淡淡青烟。在秋水与青烟中，又衍生出新的故事。

读大三的秋天，我们中文系一千多名师生开赴綦江大炼钢铁。驻扎在与贵州省交界的土台山上，全系师生都住在一个大山洞里。这个山洞硕大无比，横穿一座大山。据说，抗战期间是国民党的一座兵工厂。山洞两头通透，地面平整，洞高足足有一二十米，一条清澈的小溪从洞中穿过。在洞口处，接上一根水桶般粗的铁管，直冲山下发电。洞中的照明就由它提供。借着灯光，可以看书读报。住在洞里，一点都不觉得苦，反而有种野外露营的乐趣。土台山风光极其优美，晨岚晚雾，夕照晴空，我时时都有一种想写诗的冲动。现在，我还能找到这样一首诗：

收工归来

半山红叶半山花，
肩荷银锄唱晚霞。
栖居山洞梦犹美，
不负青春好年华。

从原稿中可以看出，原诗第四句是“处处书声处处家”，比“不负青春好年华”更有诗意，内容也更充实些。为什么要改呢？怕别人说劳动锻炼也老想着读书，有走白专道路之嫌。

一天晚饭后，在山洞附近碰见了胥静媛。她是班委负责文体的干部，既稳重又开朗，一说一个笑。在女同学中，我和她走得最近。只要碰见，有事没事总要聊上一阵。

“走，去转一圈。”我说。

胥静媛微笑着点点头。

于是，我们在夕阳的余晖中向着山边的小树林走去。林边正好有一块能坐下两个人的大青石。

一坐下，我们便天南地北地闲扯起来，时而是英国的莎士比亚，时而是俄国的托尔斯泰，时而是家乡的甜糕米粉，时而是社会上的笑话趣闻。说完了，停下来，对视着笑了一下，又扯上新的话题。总之，就是不涉及个人的感情交流。天渐渐黑了下来，那个年代，社会秩序好，不会有什么坏人。但这毕竟是荒山野岭，天黑了，会不会有野兽出没呢？想到这里，我问她：

“你怕不怕？”

“不怕。”

“为什么？”

“你在我身边。”

“对，我比你高。”

“你能高多少？”她笑了起来，“我还比你大哩！”

我无话可说，我那时二十刚出头，她大我一岁多。

还想说点什么，但什么也没有说，就这样，我们默默地坐着。山下朦朦胧胧的一户户农家小院，闪烁着星星点点的迷人灯光。一阵凉风吹来，心里说不出来多么舒坦。两个多小时很快就过去了。

夜黑透了，不能再聊了。踏着星光，沿着充满诗意的小路，各自回到自己的住处。

回去一时难以入睡，写了一首《如梦令》。

如梦令·赠媛君

綦江滚滚东去，
土台巍然耸立。
枫叶映山红，
透染千古石壁。
犹记，犹记，
新月寒山语句。

第二天，我抽空递给了她。

隔了一天，收到她回复的一张字条，也是一首诗：

没有《醉花阴》回答筠弟的《如梦令》，
但有一颗虔诚的心，
祝筠弟万里鹏程。
……

后面的内容不记得了。

事隔多年，我一直在界定这段交往是友谊还是爱情。说爱情吧，又太理性化了，缺乏爱情的狂热与激情；说友谊吧，仿佛缠绵的成分又多了些。

其实，这就是那时少男少女们的一种普遍现象，一种想开启新生活的尝试。我一直坚持理想的婚姻男性应该比女性大，这不仅是生理因素，更主要的是男性年龄愈大愈成熟。见多识广，思想深邃。既有长远的远景规划，又有短期的奋斗目标。尤其是具备了相当的经济基础，使女人感到既有幸福的今天，也有美好的未来。正如一只春天的小鸟，遇见了一棵枝繁叶茂的参天大树。

反视我自己，朦朦胧胧的，一无所有，连将来在哪里工作都不知道。人贵有自知之明。我理智地感悟到了诸多因素，认为此时恋爱还为时尚早，毅然中止感情的深化。既不拖累别人，也不折磨自己。只是那首《如梦令》，还是保存到了今天。

季节在悄无声息地交替着，经过四年的花开花落，我们终于毕业了。

年级党支部书记曾小岚也是调干生，威信很高。她对我印象很好，我也喜欢亲近她，一口一个"小岚姐"。宣布分配名单前夕，她叫住我:"阿筠，给你说个事。"

"什么事，小岚姐?"我向她走了过去。

"把你留在重庆怎么样?"

如果换作别人，留在大城市，那是天大的好事。可我当时非常幼稚，鼠目寸光，只看着眼前的那点利益。因为当时重庆既没有电扇，也没有空调，热天热得要死，冷天冷得要命，再加上自然灾害，生活紧张，远不如老家舒适。

"小岚姐，我想分回宜宾。"

"什么?"曾小岚大吃一惊。

我陈述了分回宜宾的理由，态度既诚恳又坚决。

曾小岚沉默地看着我，好像也不便多说什么，半天才叹了一口气："那就依你吧。"

第二天宣布分配名单，我分在自贡市。

我急忙找到曾小岚。没等我开口，她就说：

"阿筠，宜宾地区只有三个名额。结了婚的都照顾不完，你无论如何是挤不进去的。"她停了停，"自贡是离宜宾最近的了。"

是的，自贡紧靠宜宾市，比宜宾地区的很多县离宜宾市还要近，是著名的盐都，其名气当时仅次于成都、重庆。

我当然感激，叫了声："谢谢你，小岚姐。"

晚饭后，陈选梅满脸悲戚地找到我。

"阿筠，咋个办哟？"

"怎么啦？"我问。

"我分在南充地区。"陈选梅急促地说。

"听说了。"

"你知道吗？前几天体检，我肺上有问题。"

"那得抓紧治疗！"我读过鲁迅先生的《药》，知道肺病的可怕。

"是呀，本想离家近点好熬中药，谁知把我分到了人生地不熟的南充。"

"怎么办呢？"我也有点为她着急。

"找了系上，系上说分配定了，不能调换。除非自己去联系对方，取得对方的同意。"

"啊？"

"我联系了好几个人，都不同意，看来只有你能帮我了。"

我知道她家住隆昌，离自贡近，可自贡离我家也近呀。

她见我犹豫不说话，又说道："如果不是病，我去哪里也无所谓。可这病是拖不得的呀！"

我当然知道，一个女孩子带着病，去远离家乡的偏远之地，困难会有多大。

"阿筠，我们换吧，只有你能帮我了。"她眼巴巴地望着我，充满了渴望。

怎么办？我们平日关系不错，在她遇到困难，急需帮助的时候，我能无动于衷吗？好歹我也是个身强力壮的男人呀。

她见我还在沉思，又进一步恳求："阿筠，帮帮我吧！"

我一咬牙："好，我们对换！"

我和陈选梅对换的消息很快传了出去，说什么的都有。说好的，认为我乐于助人，把困难留给自己，是义举；难听的，说我脑壳进了水，拿前途来开玩笑。

我本来就心烦，听到有人说我是拿前途来开玩笑，反而平静下来了。到南充地区充其量生活苦一点，怎么就没前途了呢？我就不信这个邪！于是，愤愤不平地提笔写了一首诗，抒发心中的感慨。

分配有感

勿须嘲讽勿须夸，
大河奔腾浪淘沙。
我自昂首迎风浪，
丈夫四海皆是家。

可能系上觉得我对分配地点无所谓，临出发时又把我调整到了达县地区（今达州市）。

寝室里大家忙于收拾东西。

“达县地区在哪里啊？”罗荣汉问。

“达县的灯影牛肉很出名，前几天达县地区文工团还在那里演出了。”胡文清毕竟是调干生，知道得多一些。

“在成都演出。达县地区文工团的民歌是唱出了名的。”袁余伦更见多识广。说完，他竟唱起了民歌：

好久没到这方来，
这方的姑娘长成材。
拨开青苔喝凉水，
凉风悠悠吹过来。

谭中开笑着说：“好好好，阿筠，那里有灯影牛肉吃，姑娘也长成材了。”

大家又是一阵哄笑。

拉人的汽车不断地开进开出。临行时，大家都依依不舍地互赠纪念品：钢笔、笔记本、相片……

陈选梅急匆匆地赶来，仍是一脸悲戚。

“阿筠，听说你又换到达县了？”

“换哪里都一样。”我一脸的无所谓。

“唉，你要多保重啊！”

“嘿，”我笑了一下，打趣道：“我怎么有点‘风萧萧兮易

西南师范学院中文系一九六一届四班毕业留影。
第一排：左三袁余伦，左四周新干，右三尚齐瑞
第三排：左一作者，左五罗荣汉，左八陈选梅，右一曾小岚，右四胥静媛

水寒’的感觉哩！”

汽车开动了。

我环顾了一下四周，无限留恋：“西师，再见了，我亲爱的母校！”

岁月因走过而美丽，经过春的繁花似锦，经过夏的遍地翠绿，才终于迎来秋的一派金黄。但所有故事，在岁月的素笺上都已泛黄。五十多年后，西师中文系一九六一届同学在成都聚会，我和陈选梅终于又要相见了。

在成都文化公园，听说陈选梅要来，我多少有点激动，于是找一个僻静的角落，聚精会神地填起词来。

清平乐·忆毕业分配

互换专县，
生活全打乱。
环境机遇难判断，
配偶儿女全变。

细想暗自心惊，
彻底改变人生。
若问成败得失，
谁也诉说不清。

我还想推敲一下平仄，陈选梅已经到了。她虽然笑声朗朗，但脸上已全是岁月的沉淀。我们紧紧地握着双手。

半天，我说道：“选梅，你改变了我整个人生！”她大吃一惊，瞪着双眼，不解地望着我。我把手中的词递给她。她看了，恍然大悟。

“真是呀，也改变了我的人生呀！”

人生本是一场未知的旅行。事情过了，就不要瞎自猜想和后悔。把昨天的故事诗化，让它在记忆的青烟中慢慢飘荡。飘呀飘，直到消逝在遥远的天尽头……

第二章　巴中三十年

一

驿路策马，长亭短憩。一回眸，一驻足，又是另一场相逢。达县到了。这辆直接由学校出发的汽车，经过长途颠簸，终于开进了达县地区第一招待所。安顿完毕，我即四处奔走，完成心中的预定计划：力争分一个理想的县城。访商户，问居民，光地区图书馆翻阅资料就去了两三趟，比较结果，巴中是最理想的选择：它历史沉淀厚重，生活条件较好。它又曾是川陕苏区的首府。再加上离广元近，由广元乘坐火车就可到达宜宾。于是在分配志愿表上，赫然写下两个字：巴中。

数日后，地区教育局宣布分配结果，天如人愿，我分在巴中。

我兴致勃勃地坐上去巴中的客车，下午时分便到了巴河渡口。河对岸就是千年古城巴中。河水清澈见底，映着万里无云的蓝天，大有“秋水共长天一色”的韵味。随着汽车登上轮渡，站立船头，清风送爽，一天的疲劳顿时无踪无影。但见群山环绕，林木葱葱。晚照中的白塔，格外雄伟秀丽。我一时有股想写诗的冲动，随口吟道：

清清河水淡淡风，
巍巍宝塔岚雾中。
深藏千年桃花面，
今日有幸睹芳容。

我住进县招待所，服务员听说是刚分来的大学生，分外热情。匆匆吃了晚饭，我便迫不及待地上街闲逛。

城不大路平，街不宽洁净。三两灯火在小巷深处闪烁，隐藏着许许多多千年流传下来的逸闻趣事。

我回到招待所，余兴未尽，透过玻璃窗，月色下的城郭、田野，更具一种朦胧之美。巴中，你是我踏入社会的第一个驿站，我一腔青春熊熊之火，将在这片美丽的大地上燃烧。巴中，你欢迎我吗？激情所至，情不自禁地提笔写了起来：

初识巴中

白塔耸入云，
蜿蜒河水清。
绿树碧如洗，

炊烟袅袅升。

路洁净，

市街平。

人和善，

气象新。

昔日桓侯施巧计，

义释严颜留美名。

武后权谋废太子，

章怀含泪著诗文。

红军指挥徐向前，

创建苏区立功勋。

平民教育晏阳初，

中外共识一伟人。

千年一部英雄史，

人见人爱巴中城。

二

通知下达，我去巴中中学任教。

巴中中学紧靠县城西边，历史悠久，人才辈出。我和李翠柏老师共居一室。他谦逊随和，很快我们就熟悉起来。他向我详细地介绍了语文教研组的情况：组长陈伯庚，业务强，威信高。副组长王恢绪也是一位教学经验极为丰富的老教师。我之所以迟迟没有分班任课，大约是在等我的档案。

不久后的一天，陈伯庚组长将厚厚的一摞作文本放在我的办公桌上："梁老师，请你代改一下。"我笑着说："好，好。"我知道，这既是代劳，也是对我语文能力的考查。一天过去，作文本全部改好了。第二天一上班，我就把作文本放到陈伯庚老师的桌子上。果然，当天下午就开教研会，给我做了正式分工：高中三年级三个班，陈伯庚老师教两个，剩下一个给我。高中二年级也是三个班，王恢绪老师教两个，剩下一个也由我教。

这个分工显然不够恰当。表面上看，我们都是两个班，可我的两个班是不同的年级，备课时间要多一倍。更何况我是新手，是一个才出学校没有任何教学经验的"新毛头"。我也知道还有另外的风险：我所教的剩下的这个班的学生的水准和那两个班是否一样？这与高考的升学率息息相关。但是我默默地接受了。我不愿一来就给人留下挑肥拣瘦的印象。再说不就是累一点吗？担子重点不一定没有好处，这也是一种锻炼。倒是李翠柏老师悄悄为我捏了一把汗。

"你要不要和陈老师他们再商量商量？"

"不用，我教就是了。"

"保高三的担子很重啊。"

"我保过高三。"

"你保过？"

这话要从我毕业实习说起。重庆三中是重庆市的重点中学。毕业实习时，我和部分同学分到该校去"保高三"。上级对该校的要求是："高考全省只准考第一，不准考第二。"这么严格的要求确实令我吃了一惊。结果，真出现了奇迹。高考升学率硬是考了全省第一。清华大学、北京大学招生人员坐在学校要人。其实，我们当时只是负责批改、辅导学生作文，解答一些疑难问题。顶多就是上两节作文评讲课。我当时竟头脑发热，认为见过大世面，不会在这小河沟里翻船。再说大学劳动运动虽然很多，没有学到什么，但是只要有空，我就没日没夜地钻图书馆，自学了许许多多的知识。再加上我记忆力好，所以非常自负，地地道道的"初生牛犊不怕虎"。我还特意写了这样一首诗，足以表明我头脑发热的程度：

不畏高二加高三，
两副担子一肩担。
初出茅庐显身手，
攻城拔寨夺雄关。

正当我摩拳擦掌、意气风发，准备大干一番的时候，突然又来了一个通知：把我调到巴中师范学校，理由是我会说普通话。

真实的原因是，巴中师范学校有位姓余的老师早我一年从西南师范学院毕业，他是我的师兄，由于种种原因，他和学校领导关系极为不好，于是上级决定把我和他对调：他教的课由我上，我教的课由他上。

我当然不干了。辛辛苦苦备了好几天课，就白费了？教研组的老师们喜欢我，也极力挽留我，出主意叫我去找林绍全校长。林校长是县委委员，只要他不同意，调换就搞不成。

其实，老师们都太书生气了。既然决定调换，难道会不经过林校长同意吗？我去找林校长。他正在花园里摆弄花木，双手都是泥。没等我开口，果然他就笑着说："兄弟学校有困难，我们不能不帮助。凡事要从大局着想，你年轻有为，去吧，干革命哪里都一样。"

话还没说完，巴中师范学校的老师就带着几个人高马大的学生来帮我搬行李了。我有什么行李？只比来时多了一个纸箱。一个装衣服，一个装书籍。不容多说，一个学生拎一个，其余的簇拥着我风风火火地去了只有五六百米远的巴中师范学校。

到了巴中师范学校，我大吃一惊：好一座园林大院！每一条道路两旁都是一排排半人多高的柏树，像一列列整齐的卫兵，把教学大楼、办公大楼、教师宿舍楼连在一起。几座大楼都是八九成新，乌红的土漆闪闪发亮。操场四周是平坦的草地。虽已深秋，校园中仍绿树成荫，一些不知名的小花点缀其间，甚是瞩目。我居住的教师宿舍，更是典雅舒适、窗明几净，红漆地板光洁明亮、一尘不染，比巴中中学好多了。我暗自庆幸，换来换去，最终换了这么一个好地方，命运之神真是眷顾我啊！在校园里一口气来回转了两圈，回到宿舍仍兴奋不已。几经沉思，忍不住提笔写了起来：

进校抒怀

绿树林中点点花，
恰似蓝天飞彩霞。
南龛飘来星星雨，
轻轻藏进书卷里。
巴河校前悄悄流，
惊鸿一去不回头。
操场四周草茵茵，
聆听阵阵风琴声。
莘莘学子聚校园，
教学楼中度华年。
朝云暮雨山万重，
收缰驻马校园中。
四年苦读实难忘，
鼓声催我上战场。
枕戈待旦血气刚，
定叫桃李吐芬芳。

从此，开始了我在巴中师范学校的教学生涯。

相逢是上天的恩赐，让你在最美的时候，与最对的人欣然相遇。巴中师范学校那几年分来的教师大多是单身汉，没有成家的老师都是两人共居一室。和我同住的是前一年来校的胡俊松老师。他热情随和，待人真诚，一见面就满面笑容表示欢迎。看着一切布置得井井有条，感觉他是一个严谨、细心的人。我们三观相合，话语投机，很快就成了无话不说的好朋友。以后数十年，不论他是教师，是教导主任，还是副校长，我叫他始终是两个字：老胡。

岁月留香，花开花落，我逐渐了解到老胡是数理教研组的组长。他的教学，历届学生都非常欢迎。他酷爱体育运动，无论篮球、双杠、游泳，都是一把好手。更难得的是，他有一副好嗓子，在京剧《沙家浜》中扮演郭建光，唱腔是杠杠的。

第二年热天，虽已立秋，但秋老虎非常厉害。半夜热醒了，我们便相约去校门外的巴河中游泳。月明如水，树影婆娑。清清的河水，非常诱人，带着浑身的燥热，相继跳了下去。

静静地仰卧在水面上，舒服极了。望着天上皎洁的月亮和一团团飘浮的白云，又一次深深地体会到了心旷神怡的深切含义，头脑中不由得浮现出了一首诗：

巴河夜泳

天上月，落入水，
水波轻轻颤微微。
鸟不鸣，犬不吠，
万物俱籁入梦帷。
天上云追月，
清风悄悄吹。

身旁浪花千万朵，
河岸柳丝垂。
酷热除，神思飞，
神清气爽心里美。
我与秋风皆过客，
急育新人立丰碑。
天上月，落入水，
水波轻轻颤微微。

随着学校住房问题的改善，我们都有了各自独立的生活空间，但仍在同一幢楼里。再后来结婚生子，又分配到操场外更宽敞一点的套间。凑巧的是，我们又是一墙之隔的邻居。直到我下海经商，远离巴中，才相隔千里万里。

巴中师范学校面临巴河，背靠南龛坡。南龛坡有唐朝摩崖造像群。1988 年，南龛摩崖造像被国务院公布为第三批全国重点文物保护单位

三

一九六三年，巴中县（今巴州区）莲花山林场荣获国务院奖状。这可是一件大事。县委、县政府为此专门召开了一个隆重的表彰大会。于是，上级决定，巴中中学和巴中师范学校的全体语文教师停课三天，深入莲花山林场体验生活。三天后，交一个能供舞台表演的节目。

这是我离开母校进入社会后的第一场比试，非常激动。我摩拳擦掌，准备一显身手。

莲花山林场离县城不远，山也不高，但林木遮天蔽日。莲花山人艰苦创业的事迹更是非常感人。用什么形式表现呢？戏剧，三天写不出来；表演唱，载体太小，不足以展现林场员工艰苦卓绝的创业过程。最后，我决定用长篇叙事诗。三天后，我如期交卷，诗名叫《莲花山之歌》。领导们评选的结果：《莲花山之歌》当选。先由学校文艺宣传队在校内演出，效果出乎意料地好。各级领导都非常满意。于是，在表彰大会的晚会中隆重上演。观众反响也异常强烈，事后校长高兴地拍着我的肩膀夸奖道：“想不到梁老师写得这么好。”

可是，一年后风向大变，“四清”工作组进驻学校。一天下午，全体教职工在教师食堂开会。工作组抱着厚厚的一沓油印资料，分发给大家。三五个人共看一份。我一看，是《莲花山之歌》。我心里顿时“咯噔”了一下：有麻烦了，这个会是冲着《莲花山之歌》来的。当时，说不紧张是假的，但我只是不明白，这首诗到底哪里错了？这么多领导层层把关，那么多观众听了谁也没说有什么问题，今天怎么会来这么一出呢？在西师读书时，也经历过“反右”“反右倾”等运动。但那都是斗别人，与我无关。这次矛头是对着我了，我能不紧张吗？

会议主持人是黄忠诚老师，她是这次运动的依靠对象。黄老师稳重正直、工作积极，尤其拉得一手好二胡。她和我关系一直不错，也是相当了解我的。记得开展阶级教育，学校师生演出大型话剧《年青的一代》。我演林育生，她演林育生的未婚妻夏倩如。由于对口词多，所以接触也较多，再加上当时我们都没有结婚，所以有老师开玩笑说：“你们不要演真了啊。”会议开始了，黄老师看了我一眼，然后又看了看工作组组长，组长点了点头。于是黄老师说：“老师们，材料都分发给大家了，梁老师写的《莲花山之歌》，有人反映有毒。今天大家仔细看看，希望能踊跃发言。”工作组组长说：“凡是毒草就一定要铲除，决不能让它自由泛滥。”接着便是一片寂静。只有偶尔翻阅资料的声音。

半个小时过去了，一个小时过去了，仍然没有一个人发言，黄老师再一次督促大家：“都看完了吧？谁先说？”仍然是鸦雀无声。面对冷场，工作组有个年轻人站了起来：“老师们的文化水平都高，怎么这么简单的问题还看不出来？比如这段：‘山间红橘点点，天边白云片片’，这就是个大问题。莲花山干群苦干加巧干创造出了这么大的成绩，获得了全面大丰收。可是梁老师却说，红橘只有一点点，这不是污蔑是什么？”

它是《莲花山之歌》结尾的一小段，原词是：“山间红橘点点，天边白云片片，层层梯田映着蓝天，胜利的凯歌在巴山传遍。”

半天还是没有一个人发言。我实在忍不住了，举手要求发言。我说：“我请教一个问题，谁能回答我：繁星点点，是星星多呢，还是星星少？”仍是一片寂静，不知是谁扑哧笑了一声。

黄忠诚老师抬眼看了看工作组组长，工作组组长点了点头。于是黄老师说：“今天的会就开到这里。下去后，大家再仔细看看，有问题就提出来。”工作组组长说：“有问题直接向我反映。”以后再没有人提起《莲花山之歌》。这件事，就这样不了了之了。

几天后，我碰见黄忠诚老师。我问她：“你也认为我会放毒？”她压低声音说：“我不认为你会放毒。但运动期间，把尾巴夹紧点。有些事情希望你能正确对待。”

我余怒未消，回到寝室把《莲花山之歌》手稿撕得粉碎，满怀委屈地信手写了几句：

辛辛苦苦整三天，
不负巍巍莲花山。
曲解诗意挑点点，
怎能叫人不心酸？

很遗憾，今天那个油印的小册子我找不到了。同样遗憾的是，另一首抒情长诗《大巴山的雄鹰》也遗失了。这首诗写的是知识青年王钢强为保护国家财产英勇牺牲的故事。由音乐老师陈肇荣、王素英夫妇谱曲，专为舞台表演的配乐诗朗诵。在巴中县各大系统文艺会演中获奖，为文卫系统夺得第一名曾立下汗马功劳。

四

二十世纪八十年代初，“尊重知识，尊重人才”提得很响。恰好著名诗人梁上泉来巴中采风。县委书记赖明扬非常重视，除亲自陪同外，还把我也叫来。当时私人还没有小车，全县只有上级给赖书记配的一辆北京吉普。一行四人，县委办公室副主任熊光林同志随车负责联络、安排等工作。记得每次上车，熊光林同志总是坚持最后上车。推让几次，我也只好恭敬不如从命了。我知道熊光林同志文章写得好，鉴赏能力也强，所以以后我每每发表了作品，总要送一份给他。自然而然成了文友。谁知三十年后我们在巴中相遇，他依然如此。进出大门都要我先走。做过市长、市委书记的他，地位变了，谦虚、亲民的作风依然没变。

这次陪梁上泉同行，我填了两首词：

南乡子·南阳林场

浓雾罩苍松，
杆直如箭曲如弓。

行至山峦断崖处，
阵风，
针叶乱卷峡谷中。

莫道山深少人踪，
有志处处立奇功。
雨雪交加终有日，
匆匆，
一轮红日跃长空。

鹧鸪天・乡行

又是一年好收成，
乡村处处有歌声。
山水有情解人意，
浓妆艳抹迎客人。
区府到，
汽车停。
一杯香茶笑盈盈。
汇报考察齐并举，
政通人和万业兴。

五

时光流逝，流不去心灵深处的记忆。时空变幻，变不了呕心沥血的乡土情怀。甘泉，一个普普通通的乡镇，曾留下我多少美好的回忆，留下我多少青春的大好时光。

一九七一年，甘泉公社办起农民夜校，成效显著，声名远扬。省上决定在这里召开扫盲现场会。地县两级非常重视，一场多姿多彩的文艺晚会，无疑成了这次现场会的重要内容。我被借调去甘泉。先是挑选演员，组建宣传队。继而便钻山林，住岩洞，收集素材，编写节目。几个月后，演出获得了很大成功。我一个人编写了整台节目，有小戏、相声、表演唱、曲艺等。由于节目受欢迎，县上还组织公社宣传队到县城和各区社巡回演出。

这是甘泉很有特色的一个山包，长满了高大的乔木。
山上有一座清朝光绪年间修建的寺庙，是我们创作和排练节目的大本营。
山下甘泉中学的操场，也经常被我们借用

一九八四年七月，大巴山金稻飘香、银棉吐絮的时候，巴中县副县长、前甘泉公社的党委书记代表巴中县政府，赴法国巴黎领取了联合国教科文组织颁发的野间扫盲奖。我也成为该公社最受欢迎的客人。

节目与诗歌相近的，有一个“四川方言”，现选录于下：

吃药（四川方言）

有个王老丙，
一副大药瘾。
半年处方笺，
要订两大本。

稍微有点病，
就把诊所进。
钱贵药才好，
越贵越提劲。

脚杆有点酸，
好像关节炎。
强的松不离口，
狗皮膏药贴了几大圈。

早晨有点咳，

说是肺结核。
链霉素五十只，
雷米封七八百。

口服止痛灵，
一回开五瓶。
还买新产品，
处处开后门。

膏丹丸汤散，
摆了十几罐。
闷起脑壳吃，
就像胀干饭。

药才吞下肠，
痛得喊爹娘。
一哈哈说是阑尾炎，
一哈哈说是胃溃疡。

急着找医生，
要打吗啡针。
镇静又止痛，
外加杜冷丁。

医生没抓拿，
说是药太杂。
啥子药都吃，
华佗都没法。

越吃人越瘦，
老丙阴倒怄[1]。
急忙吃补药，
一心想长肉。

十全大补汤，
口服蜂王浆。
青岛鱼肝油，
东北鹿茸霜。

果然长得胖，
一天一个样。
只是显得虚，
不然更漂亮。

腰围五尺长，
赛过楚霸王。

① “阴倒怄”，四川方言，即自己默默地生气。

还去找医生，
要打葡萄糖。

医生生了气，
态度真严厉。
说他乱吃药，
把身体当儿戏。

胖得不像话，
体重三百八。
得了心脏病，
那才真可怕。

要得身体好，
锻炼不可少。
中药和西药，
咋能把命保！

为啥乱吃药，
老丙很坦率：
“反正不拿钱，
不吃划不着。”

医生开了腔，

提笔写处方。
病源已找到，
思想不健康。

事事为自己，
不怕损集体。
无病也吃药，
哪有这个理？

用药要对症，
乱吃最蠢笨。
轻者要伤身，
重者会丧命。

老丙细端详，
是自己莫名堂。
无病找病害，
是想进火葬场。

思想一转变，
天天勤锻炼。
身体逐渐好，
药罐罐靠边站。

教训记在心，

老丙迎新春。

一心干“四化”，

跨步新长征。

翻阅资料，发现《通川日报》一九八〇年一月六日刊登了我写的一组小诗《树之歌》，不做修改，照抄于下：

树之歌

一

大巴山上望红台，

满山桃花带血开。

刀砍火烧花不败，

春风一吹花成海，

为盼红军早回来。

二

巴山梨花情最真，

洁白如雪不染尘。

红军开荒红军种，

梨花年年思亲人，

清甜雪梨寄深情。

三

街道庭院种泡桐，
串串桐花似灯笼。
兰考泡桐巴山栽，
争为“四化”立新功，
焦裕禄同志记心中。

四

油橄榄树满山翠，
香飘千里人陶醉。
总理海外引树来，
见树思人心欲碎，
一曲颂歌千滴泪。

六

踏踏实实走路，不负这一路奔波。几个春去春来，我逐渐成为学校的骨干教师。曾为四个地区的高中教师培训班讲过示范课，为西南师范学院社来社去[①]毕业生讲过一个多月的辅导课。地区中等师范学校两次统考，我所教班级学科第一次平均

① “社来社去”，从公社来，回公社去，泛指工农兵学员毕业后仍回原地。

81.6分，名列第一。第二次考拼音，平均98分，更是遥遥领先。先后担任巴中师范学校校务委员、巴中县教育协会理事、达县地区中等师范学校语文中心组副组长。曾先后出席巴中县文教先代会、巴中县劳动模范暨先进工作者座谈会。

一帘春雨，又迎来了一个春天。送走了一九七五级二班后，我又接任一九七六级五班的班主任。一九七六年，是中华儿女都难以忘怀的一年，根据当时的形势需要，巴中师范学校开门办学。在离城二点五公里远的塔子山垦荒办分校，师生们轮流上山锻炼。是年元月，我带领一九七六级五班全班同学进驻塔子山。

巴中师范学校一九七六级五班毕业留影

白塔，原名凌云塔，耸立高崖，鸟瞰全城。呈平面八角形，十三层，高四十三米。建造于清道光十年（一八三〇年），是川北造型最美的高层建筑。我们教师住在塔内石室，同学们住在护塔的平房中。时至严冬，天寒地冻。有的同学把水盛入洗脸盆中，第二天就是一个盆形冰块。然后用竹管吹出一个小洞，用绳子把它吊起来，整天都不会化。水田结了一层冰，用泥块斜着向冰面扔去，立即发出“呜呜”的响声。有的同学以前在农村就开荒放过炮，所以打炮眼、填火药、点引线都不是难事。闲暇时，我就抽空给大家普及一些诗词常识。同学们写，我也写。然后用整张白纸誊抄下来，把白塔整整贴了一圈。我那时写的诗，无疑也带有浓厚的时代色彩，不需修改，照抄几首于下：

白塔分校工地诗抄

一

白塔山上战旗红，
白塔山麓战歌浓。
白塔山上战天地，
白塔身边出英雄。
不惧塔山寒风猛，
定在塔山立奇功。
健儿白塔垦荒地，
来年白塔五谷丰。

二

开门办学争上游，

学员人人竞风流。

赶走塔山茫茫雪，

换来禾苗绿油油。

荒山顶上垦荒土，

半收田里话丰收。

革命熔炉育新人，

新人永远跟党走。

三、菩萨蛮·开荒

炮声隆隆天欲晓，

冰天雪地人行早。

摸黑上高山，

山上人声喧。

岩石已炸烂，

搬石浑身汗。

奋力早搬完，

荒山变良田。

四、给捏炭丸的同学

刚放下饭碗，

你就默默无声地去捏炭丸。

你总是这样埋头苦干，

从不知道什么叫舒适安闲。

炭泥扎手，

寒风刺脸。

你心中啊！却蕴藏着烈火一团。

身旁飘着雪花，

眼前却是一片明媚的春天。

啊，

你分明把壮丽的青春投进了革命的熔炉，

要不，炉膛怎会发出那夺目的火焰！

五、老汉过塔山

昔日我过白塔山，

荒坡秃岭路难攀。

石谷子地种庄稼，

十年就有九年干。

地主老财收括尽，

凄风苦雨无粮棉。

巍巍白塔含热泪，

为盼天明眼望穿。

今日我过白塔山，

火红战旗迎山川。

铁肩挑来丰收土，

又经历了半个世纪的风风雨雨，白塔依然挺秀雄奇

银锄挖出幸福泉。
麦浪滚滚无荒地，
稻谷飘香尽良田。
树满青山情满怀，
喜看工农谱新篇。

明日我过白塔山，
塔山一片米粮川。
条条水渠绕山转，
人造平原接蓝天。
铁牛奔驰卷细浪，
电线如网满山间。
山河处处美如画，
幸福生活万万年。

七

自从一九六三年写了《莲花山之歌》后，“文化大革命”后期又主办文教系统的大批判专栏。从此，我就与写作结下了不解之缘。那些年，大凡县里召开大会、现场会，什么欢迎辞、致敬电之类都出自我手。一九七四年，我编写了巴中县教育革命成果展览全部的解说词。

一九七八年，在达县地区优秀文艺作品评选中，我写的四川方言《猫和老鼠》反响强烈。省文化局局长邓自力返蓉后，派专人来索取稿件，刊登在一九七九年《四川群众文艺》第一期上。一九八一年，在达县地区优秀文艺作品评选中获奖。同时，被评为优秀节目的还有我编写的小川剧《临江镇》。

一九八二年，在达县地区文艺会演中，我以计划生育为题材的小戏《演戏》获奖，后来为省计划生育现场会演出，得到省委常委黄启璪同志称赞，并刊登在省司法厅编辑的法制教育专集《文艺演唱材料》上（一九八三年六月）。

真正把我的创作之舟引入戏剧之河的契机，是一九八二年达县地区举办的首届巴山戏剧节。我利用课余时间创作的大幕川剧《太子贬巴州》和现代小戏《镜水桥》双双获奖。巴中县因之名列第一。返巴时，县委书记率各部委领导前往车站迎接，敲锣打鼓，盛况空前。也就是在这次戏剧节上，地委管文化的书记约我谈话，动员我调离学校，从事专业戏剧创作。他认为这对社会的贡献会更大些，并将此意见转告了有关部门。一九八二年底，在同行们的惋惜声中，我离开了耕耘二十二年的讲台。

即便如此，我仍是县上电大、函大、职大的特聘教师，一直免费为之上课。

调离学校后，我出任巴中县文化馆馆长。一九八四年，当选为巴中县第十届人大常委会委员。一九八七年，被评为副高，并被聘为达县地区图、博、群文系列中级职务评审委员会委员。一九九〇年，获“巴中县有突出贡献科技人才”称号。

一九八四年，达县地区举办第二届巴山戏剧节。我创作的新编历史剧《边关恩仇》获创作奖。一九八六年，《戏剧家》第二期头条发表《边关恩仇》，第三期刊登了评介文章《历史明镜照古今》。

一九八七年，达县地区举办第三届巴山戏剧节，我推出两部大幕川剧《贞女与荡妇》和《魂归巴州》。结果，《贞女与荡妇》获奖。是年，《戏剧家》第一期头条发表《贞女与荡妇》，并刊登了评介文章《笑声中有深沉的思索》。三月十七日，收到四川省文化局剧目工作室陈友发同志来信。信中说："《贞》剧发后，读者反映较佳。我已得知苍溪县川剧团、德阳市川剧团都准备投排。万县地区京剧团正着手将它移植为京剧。"同年

新编历史剧《边关恩仇》剧照，巴中县川剧团演出。
导演：杨志庆，主要演员：张华清、颜芬、龙从芬

九月九日，《四川广播电视报》以《入山知深，勤于耕耘》为题，介绍了我在戏剧创作中取得的成绩，四川广播电视台九月十三日和十一月八日先后广播。一九八七年九月，我出席了首届中国艺术节。

人在岁月的旅途中，一肩挑着春夏秋冬的四季，一肩挑着喜怒哀乐的江湖。当时，人才流动，暗潮汹涌，商业经济，指向蔚蓝。在小县城里生活了三十年的我，不可能不受到各种诱惑，不可能对经济大潮的冲击无动于衷。戏剧界老前辈、四川省川剧艺术研究院前院长席明真同志，曾赠我一首五言诗："曾歌贤太子，又写边关仇。巴山风雨夜，何须动客愁。""客愁"虽是席公的戏语，但在巴山风雨夜沉思却是常有的。我已把人生最美好的三十年献给了巴中，今后何去何从？正在此

川剧《贞女与荡妇》剧照，巴中县川剧团演出。
导演：徐世强，主要演员：钱亚西、龙从芬、张学焕

时,《四川日报》高级记者袁余伦采访南充军分区，借道专程来巴中看我。由此而引发了一系列鬼使神差之事，离开巴中已成必然。

转弯固然也是一种智慧，但从此与创作绝缘却是大大的失策。在商业大潮中，我劈波斩浪、鲜衣怒马，享受着财富增长的乐趣，却将精神财富忘得无影无踪。直到有一天，我偶然从搜索软件谷歌中发现：二〇一七年三月，贵州省黔剧团排演我创作的《贞女与荡妇》的海报。既使我目瞪口呆，又使我如梦初醒。

编剧：梁阿筠

导演：周一良

音乐：李克礼 翁元贵

舞台美术：陈礼仪

刘玉珍饰秋容

杨小平饰梦韵

余重骏饰仇仕衡

崔雁鹏饰夫人

《贞女与荡妇》一剧发表刚好三十年，一个省剧团居然排演了它。我被深深震撼了。

我深知，一个省剧团要排演一部大幕戏是何等的不易。且不说要花费大量的财力、人力，就是选剧本审批也不是一个剧团能完全做得了主的。我不是贵州人，与贵州没有半点瓜葛，由此我更深深地感谢贵州省黔剧团，感谢幕后的支持者们。

这次演出，对我来说无疑是一声惊雷，它使我恍然大悟，使我意识到以前写的东西依然有一定的价值。记得一九八三年《川剧艺术》发表《太子贬巴州》后，广东《南国戏剧》曾将其作为优秀剧本向读者推介，浙江《文化娱乐》把它改编成故事《太子冤》，广东汕头把它改编为《青虹剑》。“祖国的四川”丛书中《川剧揽胜》一书把《太子贬巴州》列为深受观众赞许的剧本。戏曲大全网把它列为“川剧经典剧”。这些都不能与贵州省黔剧团排演《贞女与荡妇》相比肩。

受此鼓舞，我决定把以前所写剧本整理成册。

二〇一八年，由中国戏剧出版社出版了《梁阿�剧作选》，包括发表、演出过的六部新编历史剧：《血石岑》、《边关恩仇》、《太子贬巴州》、《山寨情》(《四川戏剧》发表时名为《山寨传奇》)、《贞女与荡妇》、《魂归巴州》。接着，二〇一九年，又由中国戏剧出版社出版了《梁阿�现代剧作选》，选了八部发表或演出过的现代小戏和一部红军题材的大戏。使我欣慰的是，该书出版发行后，不仅远销中国香港、台湾，还走出国门，销往日本、美国。

正因为出版发行了这两本书，我才有今天出版《诗词伴我行》的冲动和勇气。

贵州省黔剧团，我不认识你，但我要深深谢谢你！我满怀感恩之心，写了两首小诗：

感　恩

（一）

半路出山万事难，
无师无门孤影寒。
忽如春风绿枯柳，
老骥伏枥谱新篇。

（二）

似听剧场锣鼓声，
鼓声惊醒梦中人。
亡羊补牢重上阵，
字字行行沐君恩。

第三章　往事并不如烟

一

故乡是一碗乡愁，童年是一杯老酒。若干年后，天涯行舟。这乡愁，这老酒，依然千回百转，萦绕心头。

每次去足浴店，多少都有点尴尬。因为我的脚指甲几乎没有一个是完整的。足浴师修脚时，往往都会惊奇地问同一个问题：脚指甲为什么这样？

我不得不又一次揭开童年时期那个不堪回首的疮疤。

中华人民共和国成立前夕，我十岁左右。像我这样大的男孩子，几乎都是赤着脚的，能有双草鞋穿，就算是奢侈的了。

离我家不远有一条偏僻的小街。稀稀疏疏的几户人家都以用竹子编织苞箩为业，故名“苞箩街”。这条街是土路，坑坑洼洼，裸露出一块块石头。由于行人稀少，自然就成了我们踢足球的场地。所谓“踢足球”，就是踢碗口大的橙子，我们那里叫“大木柑”，也没有什么规则，两队拥成一团，使劲往对手那个方向踢就是了，也无所谓球门不球门的。这种看似单调的游戏，男孩子们却都乐此不疲。往往不经意间，一脚踢出去，踢在地面突出的石头上，顿时就血流如注。有好几次，整个脚指甲硬生生地飞了出去。几天后，脚不疼了，又上场去踢。还没完全长好的脚指甲，往往又会再次被踢飞。就这样，反反复复踢伤后，脚指甲就干脆不再长了，只是个圆乎乎的肉疙瘩。更可怕的是，当时没有一点卫生常识。看见血流多了，心里害怕，干脆就伸进污泥坑里，让污泥把伤口盖住，这样就看不见血了。说也奇怪，不但没有得什么破伤风，就连一般的感染也不会发生。几天后，又照样冲锋陷阵了。

筠连县玉壶井，风光极其优美。旁边的草地也是儿时“踢足球”的战场。
如果脚指头踢出了血，井水冲洗也非常方便。
可惜离小朋友们的家都远了一些，始终取代不了苞笋街

有一次，父亲给我洗脚，发现我脚板心有一个蚕豆大的厚茧，鼓鼓的，像有异物。他问我："疼吗？"我说："不疼。"父亲就用针慢慢挑起来。厚厚的茧子挑开后，竟露出一个比黄豆还大的黑瓦砾。什么时候扎进去的，我也说不清楚。父亲又好气又好笑，说我简直就是一个地地道道的野人。

现在回想起来，在那个科学不发达的年代，能生存下来，只能庆幸自己有异乎寻常的免疫力了。但有一次更危险的经历却与免疫力无关，百分之百靠侥幸了。

我和几个小伙伴经常在离家不远的城隍庙玩。城隍庙里有许多泥塑的牛头马面之类的神像，面目非常狰狞，但我们玩惯了也就不那么怕了。大殿对面是一个戏楼，晚上演川戏。在剧场与神像之间，用两三米高的木板隔开，剧场就成了城隍庙中相对独立的一个场所。我们不会翻过木板墙去看戏，但会抓住木板墙的顶端，踩着木板墙中间的横梁，相互追逐。木板墙有一面下边是一条两三米深的阳沟，用坚硬的大青石砌成。

一天午饭后，我和几个小伙伴踩着木板墙的横梁相互追逐。由于换手太快，手没有抓紧顶端，一个仰翻，直挺挺地向着阳沟摔去，顿时不省人事，直到晚上才苏醒过来。我发现自己已躺在家里的床上，床前点着香蜡纸烛，姐姐坐在一旁痛哭。见我醒了，姐姐惊喜地高叫母亲："妈妈，幺哥醒了！幺哥醒了！"我们当地把最小的弟弟叫"幺哥"。母亲三步并作两步地从外屋里赶来。我当时头晕得厉害，就像好多天没有睡过觉一样，一心只想睡。姐姐不许，怕我睡过去再也不醒了。母亲见我很虚弱，轻轻地说："让他睡吧。"母亲话语刚落，我即刻就昏睡了过去。至于什么时候醒的，我就不记得了。

这件事有两点需提及：一是有专家说，人濒临死亡时，会感觉行走在一条隧道里，隧道前面有一道明亮的光。我就有这种体验，在一个很大的圆形隧道中，我轻飘飘地行进着，一点都不恐惧。隧道出口光亮非常强烈。我即将走到隧道口，突然就醒了。 二是我太侥幸了。我是垂直跌向阳沟的，在空中却改变了角度，竟平行地跌在阳沟的正中。只要稍稍偏一点，都会头破血流，死于非命。正好阳沟中又积满了污泥，大大缓冲了我下坠的力量。否则，就不仅仅只是昏迷半天了。更惊奇的是，没有一点皮外伤，几天后，又活蹦乱跳像没事一样。倒是妈妈听了一些迷信的话，每天烧一壶开水，把我拉到庙中，用开水浇我的人影，边浇边喊："梁阿�回家哟！"我就要回应："回家啰！"

侥幸的跌跤

垂直坠向地，

平行躺沟里。

虽说太侥幸，

细思仍觉奇。

伤重陷昏迷，

姐姐热泪啼。

仔细查全身，

未破一点皮。

二

人生的故事，总是充满了离奇和梦幻，也绕不开春天和严寒。总有一些时光，在它过去后，才会发现它像一支优美的小夜曲，经常会轻轻撞击我的心弦。这个故事，还得从我读高中时说起，我的家乡是四川省筠连县，当时教育很落后。宜宾地区的庆符、高县、珙县和筠连四个县只有一所高中，校址设在高县，总共只有两个班，一百名学生。我家原本是抗日战争时逃难到四川的，举目无亲。父亲病了卧床不起，家里从根本上失去了经济来源，真正是家徒四壁。我很懂事，尽量不给家里增添经济负担。所以，中学整整六年，没有买过一本教科书。天冷了，没有鞋穿，一双赤脚冻得又僵又疼。于是，我找了一块木板放在课桌下的水泥地上，这样就暖和了许多。班主任老师叫刘宗邦，是个和蔼善良的人。他送了我一本语文书，并给了我一件御寒的夹衣。恐怕也是出于他的良苦用心，安排品学兼优的严为樵同学与我同桌，希望对我这个没有书的学生在学习上能有所帮助。严为樵时为学生会主席，成绩总是全班第一。现在我才搞清她还比我小几个月，当时只觉得她是个很懂事的小姐姐。每次上课，无论我看不看，她总是把课本放在课桌中间，并不时指点我讲到哪里了。其实我非常专心，恨不得把老师讲的每句话都刻在脑子里。因为我穷，所以自尊心特别强，几乎不向同学借书。如果课堂上没有记住，也就失去了补习的机会。想起来，那时也真淘气，学科成绩的好坏与老师的

“凶”与“不凶”有关。刘政明老师教我们三角。他学识广、威信高，对学生非常严厉，批评起来没完没了。同学们都既尊敬他又害怕他。我见着他，更像老鼠见了猫一样。所以，我的三角成绩特别好。无论是作业还是课堂抽问或是考试，从来都是5分。而性格较软弱的代数老师，我就不怕他。很多时候不交作业，成绩以3分为标准。我的语文成绩好，不仅仅是因为班主任老师教语文，而我本身也非常喜欢，何况还有唯一的一本语文课本。所以，经常在学校的黑板报上刊登文章和诗歌。

一九五七年，高中毕业了。那年大学录取人数特别少，全国仅招十万零七千人（现在是一千多万）。有书的同学人人压力很大，我评估了一下自己，觉得希望渺茫。再加上想解决家里经济困难的现状，于是擅自决定去找工作，不参加高考了。当时全地区只在宜宾市一中设立一个考场。临近考试，同学们都纷纷出发了，只有我一个人若无其事地待在家里。比我大两岁的兄长不知从哪里获得了这一消息，在母亲那里告了我一状（父亲已因病去世了）。母亲态度坚决，非考不可，并立即把家中的石磨卖了五元钱，作为我的路费。我于是当即出发，连夜走了九十多公里，赶上了第二天的考试。

考试成绩一般，不好也不坏。关键看语文了，尤其我报考的是中文系。语文只考作文，题目是《我的母亲》。我以抗日战争为背景，描写母亲带着我们一家逃难的故事。故事凄惨感人，我边写边流泪。试卷纸质量很差，一滴眼泪就浸湿一大片。所以，整张试卷斑斑点点，卷面非常难看。故事越写越长，来不及收尾，交卷的钟声就响起来了。望着斑斑点点没有写完的试卷，心中五味杂陈。只盼着批阅试卷的老师能认真仔细地读完它，否则，我就与录取失之交臂了。

果然，天如人愿。高县中学一百人参考，录取了十七人。我这个没有书的名列其中。

我永远也不会忘记这位批阅试卷的老师，当然，我永远也不会知道他是谁。他是我人生中遇见的第二个贵人（第一个是我的班主任刘宗邦老师）。我由衷地谢谢他，谢谢他辛苦认真地看完了我那龙飞凤舞的文章。谢谢他让我考入了算是重点大学的西南师范学院。严为樵考取了四川大学数学系。后来因国家需要集体入伍参军，她当了解放军某部的团政委。

我不止一次地给妻子讲起严为樵给我看书的往事，我的妻子也非常感谢她。二〇二二年七月八日，严为樵来我成都家中做客，我们三个八十多岁的老人同时拥抱在一起。

我和老伴在成都家中，热情欢迎前来做客的严为樵（中）同学

感 恩

六十五载逝如风，
昔日同桌今相逢。
谢君深知无书苦，
侠义情怀记心中。

从经历中我感悟到，一个老师对一个学生的命运往往非常重要。所以，在我的教学生涯中，对学生能宽容处且宽容，能帮助时尽量帮助。

三

那些执着的得失、执着的成败，都化作了流水青烟。昨天的风月情怀，早已成了刹那惊鸿。

一九六六年，“文化大革命”一开始，巴中中学和巴中师范学校就首当其冲。县委工作组进驻学校。宣传部部长坐镇巴中中学，组织部部长坐镇巴中师范学校。大字报铺天盖地贴满了整个校园。还好，自始至终我还算平安无事，没有受到任何形式的批斗和非难。只是运动初期，被红卫兵封为“反动学术权威”。我暗自好笑，一个二十多岁的年轻人，竟成了“学术权威”，真是太抬举我了。

一天，在教学大楼最醒目的地方，突然出现了一张有关我的大字报。没有实际内容，只是一句吓人的标语口号：铁证如山，梁阿筠销毁反动日记，罪责难逃！必须向革命群众如实交代！落款为“一个造反者”。

我着实吃了一惊，但心里并不害怕。因为我从不写日记，当然就不存在“销毁”之说。但继而一想，它也不可能完全是空穴来风，总有一点什么缘由。我反反复复地思考近段时间的一言一行，一举一动。忽然，我恍然大悟，原来毛病出在这里。

我在西师读书时，吴宓教授教我们外国文学，他才是真正的“学术权威”。出于对他的敬重，我特意用高档的白棒纸做了笔记本。一年下来，记了满满的一大本。但在以后的教学实践中，并不实用。因为语文课本，压根儿就没选外国文学。所以，一直闲置在抽屉中。“文化大革命”开始后，不但揭批“反动学术权威”大行其道，也把推崇他们的人，视为他们的“孝子贤孙”。我想吴宓教授在这次运动中，肯定在劫难逃。如果有人发现了这个精美的笔记本，会不会说我也是他的“孝子贤孙”呢？既然对教学无实际帮助，又可能招来诟病，不如丢弃算了。于是利用解便之机，撕成碎片，丢在供教职工用的一个简易厕所中。白花花的一大片，非常醒目。不料有好事者不辞辛苦捞了上来，发现是我的笔迹，于是就出现了上述那张大字报。

我至今不知道“一个造反者”是谁，但我认为其人格太卑微了。你愿意闻臭，从粪坑中打捞碎纸片，我不做过多评论。

但你仔细看了，并辨认出是我的字迹，其内容你也应该是清楚的。为什么要诬蔑为“反动日记”加害于我呢？而且，还煞有介事地说“铁证如山”。

我那时正年轻气盛，当然不愿吃这个哑巴亏。再说有些不知情的人，信以为真，连看我的眼神都变了。我必须反击，让真相大白于天下。于是，我采用以毒攻毒的手法，紧挨着它贴了一张署名“梁阿筠”的大字报：“一个造反者”必须公布日记内容，供广大革命群众批判！如若不然，要么是姑息养奸，要么是造谣诬蔑。

过了一天，不见动静；过了两天，仍杳无音信。我知道对方心虚，哪有什么证据？于是加大火力进攻，又写了一张大字报紧贴在下边：强烈要求工作组，责令“一个造反者”公布梁阿筠的反动日记！

这招果然有效。第二天早餐后，艺体教研室的办公桌上，铺了几张报纸，上面堆放着从粪坑中捞出来的笔记本碎片。四五个人，有的用夹子，有的用木棍翻着碎片察看。我故意路过那里，透过门上的玻璃窗，观看里面的动静。只见有的皱着眉，有的捂着嘴，一个个苦不堪言。

十来分钟，门猛然开了。里面的人急匆匆地冲了出来，就像躲瘟疫似的，有的嘴里还骂骂咧咧地嘟囔着什么。

我乐不可支，终于出了一口恶气。我幸灾乐祸地写了一首打油诗，以大字报的形式贴了出去，围观的人都捧腹大笑。

奇闻趣事

一堆碎白纸，
上面粘着屎。
擦又无法擦，
洗也不能洗。

低着脑壳看，
相距几厘米。
即使捂着鼻，
奇臭也无比。

翻了好一阵，
不知悲和喜。
笔记与日记，
相差十万里。

熏得眼睛花，
汗水如下雨。
谁是作俑者，
找他去说理。

奉劝众男女，

做事守规矩。

造谣害别人，

最终害自己！

四

季节在悄无声息地交替着，站在流年的彼岸，回首逝去的时光，寻找美好的记忆。

巴中师范学校老师的孩子们，由于生长在一个良好的学习氛围中，长大后，有所作为的颇为不少。胡俊松老师的长子胡元月就是其中之一。他先任西南建筑设计院的院长，然后自己又创办公司。在成都天府大道旁的南桥尚舍，给老胡购置了一套舒适的别墅。在异乡漂泊多年的我，恰好也想在成都找一个落脚的地方。感到那里环境不错，更主要的是又可以和老胡做邻居。但思虑良久，还是觉得那里配套设施不够完善，且过于冷清，最终选择了浣花溪公园附近的龙湾半岛。两地只有一个小时的车程。老胡曾来浣花溪公园游玩，我也经常去他家做客。尤其是近几年中秋，年年都是两家人在一起过。为此，我还写了几首小诗：

访老友（一）

南桥尚舍外，

闻声门户开。

流失的是岁月，留下的是友情。在胡俊松家中，与胡俊松及其家人合影

稚子拍手笑，
老友乐开怀。
高声谈世界，
低语话聊斋。
餐后天色晚，
何时又再来？

访老友（二）

落叶萧萧满地金，
几多故交无处寻。

喜逢中秋月圆日，

老友促膝忆人生。

五年前，老胡检查患了肺癌。与死神搏斗了五年后，于二〇二三年二月六日与世长辞。当时我在深圳，噩耗传来，不胜悲伤。是年我去成都后，在中秋节的第二天，去他长眠的莲花陵悼念他。莲花陵在黄龙溪附近，山不高，景色美，陵墓管理非常到位。女儿半开玩笑地说："老爸百年之后，也来这里陪胡叔叔。"回家后，心潮起伏，久久难以平静，昔日相处的画面又一幅幅展现眼前。那雨中撑伞、雪中送衣的诚挚友情，早已根深蒂固地隐藏在心灵深处了。

莲花陵扫墓归来

——悼念胡俊松老师

冬日寒梅，

三春绿柳，

我们一起送走了多少春秋。

在迈向生活的第一台阶，

通向人生驿站的第一路口，

我们相遇了，

从此成了刎颈之交的终身好友。

我们有太多的际遇需要诉说，

有太多的感情需要交流。
我们栖身异地、举目无亲，
只能相互品尝生活的杯杯苦酒。

你谨小慎微，从不越雷池半步，
你洁身自好，淡化了一切风月情愁。
你胸怀坦荡，与阿谀奉承绝缘，
你为人正直，从不趋炎附势、蝇营狗苟。
努力拼搏，让生命更加丰盈，
精益求精，教学中从不打半点折扣。
学生们的赞扬，
就是你呀，最大最大的丰收！

岁月流香，硕果枝头，
在掌声与鲜花中你光荣退休。
丹桂吐香，翠竹依旧，
在成都我们再次相遇了，
美好的记忆在我们心灵港湾永远停留。
岁月因走过而美丽，
在你舒适的别墅里，
我们度过了一个又一个快乐的中秋。
今天，你一个人长眠在莲花陵的山丘上，
与周围的青松翠柏相守。
生命的田地最终荒芜了，

人世间最美妙的琴声也不会永远鸣奏。

我从陵园归来，

秋虫呢喃，凉风飕飕，

抚案沉思，独坐高楼。

只能用这几行短短的文字祭奠你呀，

老胡，我相交了六十多年的知心好友！

五

有一些时光，要在过去之后，才会发现它已深深刻在记忆中。

一九七一年，我在甘泉公社为宣传队编写节目时，县上一位姓陈的干部来公社向蹲点的县委书记汇报工作。一时没有住处，因为我的房间有一张空床，于是临时安排他来住一宿。老陈亲和力强，也很健谈。我们一见如故，天南地北地闲聊了大半夜。

第二天早餐后，我正在房间喝茶。一位公社办事员来通知我：县委书记要下队检查生产，叫我也一路同行。我想下队肯定要在外面吃饭，下意识地摸了摸钱包。这一摸使我大吃一惊，只见裤包的纽扣开着，钱包不见了。糟了，那里面有好几张未报销的发票和这个月的全部伙食费。办事员见我脸色突变，急忙问我怎么了。我没有回话，心想千万不能说钱包不见了。因为屋里只有两个人住，昨晚钱包还在，第二天钱包不见了，这叫人家老陈情何以堪？在和老陈短短的接触中，我感到他是一个非常正派的人，决不会干这种偷鸡摸狗的勾当。

外面传来一阵阵催促的声音。公社办事员小声提醒我：“书记等了好一阵了。”我只得匆匆忙忙地走了出去。

见我半天才磨蹭出来，书记问我怎么了。我不好意思地说：“没什么事，这次啰唆了点。”

一路上，我心事重重，老想着掉了钱包。走到一个斜坡处，突然有人大叫：“快来看啊，猫和梭老二打架啊！”巴中这一带民间有人把蛇叫“梭老二”。猫和蛇打架，就是民间说的“龙虎斗”，是不容易看到的。人们明显加快了步伐。等快走到时，猫受到惊吓，一溜烟跑了。

公社张书记见我无精打采地走在最后，对“龙虎斗”没多大兴趣，有意把我的情绪调动起来，他问我：

“梁老师，你见过‘龙虎斗’吗？”

“见过。”

“见过？”张书记有点惊奇，“你住在县城里也见过这种稀奇事？”

“我小时候到郊外玩耍看见的。”

“好看吗？”

“非常精彩。”

“好啊，给我们讲一讲吧！”张书记来了兴趣，不等我回答，就拍了几下手，大声说：“大家静一静，梁老师给我们讲他亲眼看见的‘龙虎斗’！”

七嘴八舌的人行队伍顿时安静下来，我看大家都期待着我讲，骑虎难下，只好提高嗓门讲了起来。

我那时刚上初中，暑假在城郊闲逛。玉米收割了，在空旷的玉米地里，一条约两米长的菜花蛇和一只黑猫在拼死缠斗。

黑猫弓着腰，匍匐在地上，一动不动地盯着菜花蛇。菜花蛇高昂着头，与黑猫对峙着。只见黑猫“嗖”的一声，说时迟，那时快，腾跃而起，一口咬住菜花蛇的七寸。菜花蛇不慌不忙地立即在黑猫身上缠绕起来。黑猫鼓着肚子让菜花蛇缠。等菜花蛇缠了一圈又一圈，正要发力时，黑猫“嗖”的一声就抽身跳了出去。然后，黑猫又匍匐在地上盯着菜花蛇，等着下一次进攻。黑猫就这样周而复始地玩着相同的把戏，直到把菜花蛇搞得筋疲力尽，连缠绕的那点力气都没有了。菜花蛇直挺挺地躺在地上，听由黑猫摆布。

我越讲越兴奋，掉钱包的事早就忘到九霄云外去了。

一路上随着队伍爬坡上坎，听着县委书记和公社干部、社员们在田边地角谈论种子、肥料、农药、水利灌溉等诸多农事。直到下午三四点才回到公社。

一进公社大院，炊事员老李就大声叫我：“梁老师，你的钱包掉到厕所里去了。我清洗干净了，晾在院坝前面的石条子上，恐怕已经干了。”

公社张书记笑着说：“怪不得梁老师情绪不高，原来是钱包掉了。”

我又惊又喜，趋步向前，钱包早已晾干了。钱包里的东西一样不少。因为发票上写有我的名字，所以炊事员老李判定是我的。

原来昨晚我都要睡了，新来的几个朋友硬要拉我去小食店吃包子。大家抢着付钱，慌乱中我忘了把裤包纽扣扣上。今天一早去解便，钱包就滑落到了厕所里。

我庆幸早晨发现钱包掉了没有声张。不然，不但令同住的老陈非常尴尬，也显得我这个人心浮气躁，是个一惊一乍、莫名其妙的人。

当然，我更赞美炊事员老李高尚的情操！

赞炊事员老李

拾金不昧好品性，
清洗污秽更感人。
普普通通庄稼汉，
亘古不变民族魂。

钱包失而复得有感（古风）

曹操生性多疑猜，
误杀好友吕伯奢。
天王疑心东王反，
鲜血染红雨花台。
历史悲剧千万件，
皆因猜疑惹祸灾。
遇事冷静善分析，
练就宽阔好胸怀。

六

四川的景点很多，峨眉山无疑是家喻户晓的。我去过多次，但住下来只有两次。而这两次却有天渊之别。一次是一九九八年的夏天，我在成都经商。一个颇有身份的朋友约我去峨眉县的红珠山，说那里好玩。我叫他们先行一步，我下午处理好生意上的事情后即赶过去。

下午我到了峨眉县，问出租车司机知道红珠山吗？司机笑着说："三岁的孩子都知道。"到了红珠山宾馆，离大门三五十米的地方他就停下不走了。我说："开进去呀。"他说："我若能直接开进去，那它就不叫红珠山了。"

司机的话，使我觉得红珠山有一种神秘感。到了大厅，果然豪华气派。朋友们是自己开车来的。同行的几个男男女女正和宾馆的负责人谈笑风生，看来他们颇为熟悉。见我来了，朋友向大家介绍道："这是我西师的同学，深圳的大老板。"我笑着说："老板可以，'大'字不敢当。"安排好房间后，接下来就是吃饭、娱乐、休息。

第二天一觉醒来，顿时一惊：只见一排长长的乳白色的落地窗纱挡着玻璃幕墙。晨曦初现，透过玻璃可隐约看到窗外的景色。林木摇曳，棵棵绿树仿佛在冒着淡淡的青烟，碧绿的叶片油光光的，就像抹了一层油。晓风吹来，丝丝晨雾在林木中荡来荡去，那样缥缈，那样轻柔。整个画面洋溢着一种难以言说的妩媚。林木我见得太多了，这种情景却从来没有出现过。

人们常说“峨眉天下秀”，我总不以为然。此时此刻，我会说“秀”字用得恰到好处，用得太传神了。

好一阵我才回过神来，仔细打量房间。房间足有一间教室那么大，其设备比起国内外的五星级酒店来，丝毫也不逊色。

吃早餐的铃声响了。我洗漱后走出房间，和朋友们一行向餐厅走去。进入餐厅时，两旁列队的工作人员向我们鞠躬致意，也不管我们中间有些什么人。早餐丰盛，大家吃得满面春风。餐后去峨眉山游玩，然后回来吃午餐。

如此这般，一共住了两天。第三天早餐后，要离别了。我揣摩我们这一行几天的消费不会便宜。但我早有准备，于是从从容容地走向收银台。才走出几步，朋友问我：“干什么？”我比了个结账的手势。朋友说：“已经交了。”“交了？”我一怔，我知道我的朋友虽有地位，但毕竟是工薪阶层，这上万元的开支，他可难以承受。朋友见我迟疑不动，有点神秘地小声说：“一切都办妥了，快上车吧！”

在车上，我的朋友又向我们详细地介绍了红珠山宾馆的前世今生。

红珠山风光优美，抗日战争时期，蒋介石曾住在这里。修了三幢楼，开办了青年军官训练团，借以拉拢各地军阀。现在是园林式的宾馆，八号楼也竣工了。风光之秀丽，在整个西南地区也是首屈一指的。为此，我幽默地写了两首小诗：

红珠山行

（一）

好友喜清闲，
相约红珠山。
吃住两天半，
不知谁买单。

（二）

但提峨眉天下秀，
顿然联想此次游。
虽言随行不由己，
心中仍免三分羞。

多年后的二〇二〇年六月，我和老伴的几个朋友又兴致勃勃地去了峨眉山，住在清音阁的一幢民宿里。清音阁是峨眉山著名的景点，风光旖旎，景色迷人。但我却始终找不到红珠山那种“秀”的感觉，加上山地潮湿，民宿的被子总是湿漉漉的，需要每天用吹干机来吹。而蚊子又不分白天黑夜地叮咬，只住了两天便逃之夭夭。

峨眉清音阁

一

今来清音阁，
感慨万万千。
风光固然美，
犹忆红珠山。

二

树送清风花送香，
连绵险峰石级长。
峨眉不理山外事，
依旧晴雨换新装。

七

所有的故事，在岁月的旅途中，都会被风雨打湿。但是在有心人心中，因为是埋藏在心灵最深处，一旦记忆之门打开，它们又会鲜活地呈现出来。二〇一二年九月十七日至二十二日，西师中文系一九六一届同学那场聚会就是如此。

毕业五十一周年的聚会，同学们满怀激情从四面八方云集而来，人数众多，盛况空前。

四年同窗情谊深，耄耋之年聚锦城。

西南师范学院中文系一九六一届同学在成都街子合影

西南师范学院中文系一九六一届四班同学留影

我意识到这可能是我有生之年参加的最后一次大型的同学聚会，所以以半个成都人的主人身份写了一篇热情洋溢的欢迎词，算是对四年同窗之情的一个交代。

见到了许多朝思暮想的同窗好友，了却了早就想去一些地方实地参观考察的心愿，增加了见闻，丰富了人生。这次聚会开得非常成功。

聚会的落脚点在中共成都市委党校和街子镇，重点参观了金沙遗址、建川博物馆、都江堰景区和汶川映秀五一二大地震罹难遗址。

街子镇西距成都五十公里，是个历史悠久的古镇，东北毗邻都江堰，北临青城后山，岷江的支流味江流经街子镇口。古镇水系发达，石板街两侧及院前屋后，常年清水不断，因而有“川西水乡”之名。汶川地震，遭受重创。经过两年多打造重建，终于成为4A级旅游景区。

忆街子

同窗结伴行，
胜似手足亲。
碧水穿小巷，
清风涤微尘。
古镇依稀古，
新舍分外新。
一眼江上树，

十里锦绣屏。

西风今又起，

何日再亲临。

汶川映秀镇距成都七十八公里，是进出九寨沟、卧龙、四姑娘山的必经之地，是地震中心和重灾区。二〇〇八年五月十二日十四时，从这里撕裂大地，伴随着恐怖巨响，几百万立方米的岩石碎块从陡峭的山崖上倾泻而下。漩口中学四十三名学生、八名教师、两名教师家属、两名职工遇难。

漩口中学是阿坝州的一所重点中学。不少学生考入清华大学、北京大学。大地震彻底摧毁了它。新的中学坐落在镇外黄家村。由吴良镛院士设计，中共中央组织部特殊党费四千六百五十四万元全额资助修建，被命名为“七一映秀中学”，铭记党中央对映秀的关爱。

四川大学艺术学院教授段禹农，根据漩口中学一个班级破裂的时钟，创作了汶川时刻雕塑。在破碎的表盘上，时间永远凝固在二〇〇八年五月十二日下午两点二十八分，成为纪念汶川大地震的一个标志性建筑。

一剪梅·映秀漩口中学遗址

万吨岩石往下倾，

震耳欲聋，

地裂山崩。

漩口中学教学楼，

瞬间毁灭，

陷入深坑。

数十师生齐丧生，

举国震惊，

人人伤心。

凤凰涅槃面貌新，

拯救灾民，

谢党深恩。

八

量子力学、量子纠缠等理论的提出，彻底改变了人们对未知世界的认知与看法。我们人类通过肉眼能看见的事物不足总量的百分之五，而看不见的显然并不等于不存在。对科学家们已证实和待证实的东西我都云里雾里，疑信参半，以求知之心，静候一切之一切的最后证实。

我原则上是一个无神论者。女儿病了，我敢于独自一人连夜送药，在山间小道上行走四十公里，中途还要穿过一个坟园，就是有力的证明。

最近，在我身边发生了一件奇怪的事。如不探索，也就平平常常地过去了。在此我如实地叙述出来，看能否用量子力学来加以解释。

二〇二三年九月三日，我的生日。盛意难却，十多位学生在酒店给我庆生。有一束很大的鲜花非常艳丽。席后我很珍惜地带回家中，放置在客厅电视机前的条柜上，紧挨着一个装茶叶的马口铁盒子。茶叶盒再过去，就是开水机。

十点后，家人们陆续回房间睡了。我独自一人待在客厅，一面欣赏着鲜花，一面回味着同学们的深情厚谊。

半个小时后，我略有倦意，也准备睡了。于是，照例在保温杯中泡上茶。医生说，晚上老年人起夜，一定要喝一两口水，以免血液黏稠发生意外。我喜欢喝茶，而且不影响睡眠。

我揭开茶盒的盖子，装好茶，续上水，和往日的程序一样。奇怪的事情发生了，当我要盖茶盒时，盖子不见了。我办事历来细心，茶盒盖不至于掉到地上。即使掉到地上，金属的盖子也会发出很大的响声。但是桌上没有，地上也没有，仿佛凭空消失了。

我索性把客厅大大小小的灯全部打开，并拿来手电筒，桌前桌后，桌左桌右，上上下下，里里外外找了个遍，就是没有。这么短的时间，屋里也没来过任何人，它会掉到哪里去呢？带着一连串的问号，无可奈何，只得上床睡了。

躺在床上，翻来覆去睡不着，老想着这件事情。既然睡不着，干脆起床，到客厅进行第二次寻找，并适当扩大了范围。客厅能有多大？找了许久，仍一无所获。只好上床睡了。

第二天早晨去客厅吃早餐，一进客厅我就对大家说：“真奇怪，昨晚泡茶，茶盒盖找不着了！”

保姆正端着碗吃饭，闻言放下饭碗看了看，指着靠窗的墙下说：“那不是茶盒盖吗？”

我一看，果然是它，真是“踏破铁鞋无觅处，得来全不费功夫”。茶盒盖离条桌有两米远，无论怎样也掉不到那里去。我昨晚犁地似的反复找，怎么会看不见呢？

这件事很平和，一点也不惊险刺激，更不吓人，但它就是奇怪。有哪位高人能用量子纠缠的理论来解释一下吗？

找盒盖

一

盒盖突然无影踪，
四处寻觅一场空。

鲜花旁是蓝色的保温杯和绿色的茶叶盒

翌日竟然现窗下，
千思万想雾蒙蒙。

二

量子纠缠理论新，
判断事物须细心。
疑似生日贵客到，
又确保我不受惊。

第四章　万水千山总是情

一九九二年，我定居深圳。我喜欢深圳的冬天。十一月的深圳依然繁花似锦，艳阳高照。几乎天天都出太阳。人们穿着单衣短袖，在公园的树荫下，在碧蓝的海岸边，悠闲地散步，享受着大自然赐予的无限风光。

我的家在罗湖。当时特区的中心就在罗湖。国贸大厦就是深圳繁华市区的唯一地标。著名的深南大道，当时还是一条尘土飞扬的土路。随着深圳突飞猛进的发展，目睹着深圳日新月异的变化。三十多年过去了，一座现代化的大都会屹立在中国的南海边。

退休了，生活还称得上丰富多彩，足迹遍布欧美和东南亚。后来，外孙女虫儿寄住我家，手脚被拴住了，只好在附近公园溜达。公园的景致非常美丽，各个公园又各具特色。陶醉之余，不免要提笔写上几句。

深圳市人民公园离我家咫尺之遥。以“人民”命名，就知其历史之久远。它南接迎宾馆，邓小平视察南方就住在迎宾馆中。人民公园以玫瑰花和月季花最著名。是中国月季协会五大月季花种植基地之一，三百多个品种，五万株月季花。每年十二月初至翌年二月末处于胜花期，百花齐放，姹紫嫣红。

深圳市人民公园离我住的小区咫尺之遥，是散步、赏花的好去处

深圳市人民公园内景一瞥

一、游园

万里他乡万里行，
佳节倍增思乡情。
月季盛开传情意，
观花频频遇故人。

二、月季

紫袍玉带花色新，
前观后赏尽游人。
母子牵手留半影，
情侣相拥照全身。
小花无人也怒放，
杆细有志向上伸。
都是园中观赏物，
不因冷落而自轻。

荔枝公园建于一九八二年，因园内五百余株亭亭如盖的荔枝树而得名。它位于深圳市罗湖区与福田区的交界处。园外是几条大街。

公园环境优雅、浓荫遮天，是休闲娱乐观光的好去处。由于附近居民区众多，所以游人如织。

荔枝公园是闹市中的天然氧吧

风光明媚的荔枝公园，从小区出发半个小时就到了。我和老伴、女儿在荔枝公园中散步

荔枝公园小景（组诗）

一、学步

树荫下面绿草坪，
年轻妈妈喜盈盈。
孩子今朝学走步，
明日定能万里行。

二、约会

几多情侣坐林边，
甜言温语意缠绵。
祝愿此情能长远，
惊涛骇浪船不翻。

三、广场舞

广场四周人欢笑，
跳舞大妈个个俏。
服装整齐舞姿好，
拒绝年迈显妖娆。

四、演奏

又是长笛又是箫，
琴声悠悠水上飘。

湖畔听众齐叫好，
乐队业余演技高。

五、画展

长亭小道挂书画，
百幅书画出百家。
闲情逸致寄丹青，
尽显当年好才华。

六、晨跑

朝气蓬勃起得早，
绕着公园练长跑。
人生路上不掉队，
深圳健儿逞英豪。

七、下棋

一张棋盘五成新，
楚河汉界百万军。
黑方跳开屏风马，
红棋炮打当头兵。
不慌不忙巧布阵，
稳扎稳打破敌营。
老友下棋互不让，
下完搭肩笑盈盈。

八、游园有感

面对如此美画图，
想着四海和五湖。
作为当今中国人，
深深感到真幸福。

莲花山公园位于深圳市中心区的北端，一九九七年六月正式开放。莲花山主峰建有四千平方米的山顶广场，中央立着邓小平同志的塑像。塑像为青铜铸造，江泽民同志二〇〇〇年十一月十四日亲自为铜像题字和揭幕。中共中央总书记习近平及党和国家前领导人胡锦涛、吴邦国、温家宝、李鹏、朱镕基等曾来公园参观视察。

莲花山公园的南部以草坪、棕榈科植物为主，组成具有热带、亚热带风情的椰风林草坪景区，西部已建成了约二万平方米的休闲绿地。草坪便于放风筝。每年都在公园举办簕杜鹃花展。公园前面不远处就是深圳市市民中心。

少见吧？簕杜鹃居然长成了一棵树，而且开着五颜六色的花

老伴和儿媳抱着孙女在花丛中流连忘返

一、秋波媚·花展

北方寒流滚滚来，

南国花正开。

俏红迷眼，

紫蕊怒放，

黄如金钗。

风雨人生叹孤旅，

平沙雁声哀。

老骥伏枥，
直面残阳，
奋上台阶。

二、簕杜鹃

冬日莲花山，
满园簕杜鹃。
高大如树干，
世上一奇观。

三、放风筝

风筝飞上云，
不能没有绳。
飞高或飞低，
皆由操绳人。

洪湖公园是以水体景观为主的湖泊公园，位于深圳市罗湖区闹市中心。湖面面积大约二十六万平方米，是一个以荷花为主题，以水上运动为特色的综合性公园。

湖水、荷花、鸟群是洪湖公园的景观特色。每逢夏日，百亩荷塘，鲜花盛放，蔚为大观。

洪湖公园还建立、开放了目前我国唯一以荷花诗文为题材的咏荷碑廊，著名书法家赵朴初、启功、沈鹏、王子武等为碑廊提供了精心之作。

洪湖公园碧波荡漾，荷香扑鼻，绕着湖转一圈，神清气爽，其乐融融

一、洪湖公园游

洪湖公园荷满塘，
十里湖堤十里香。
工余结伴齐留影，
牢记深圳好时光。

二、中秋

又是一年中秋节，
清清湖水映明月。
明月抚慰他乡人，
故乡他乡同一月。

三、游园

初春荷花绽湖中，
绿叶清波点点红。
漫赏林园如烟雨，
更喜淡淡杨柳风。

东湖公园原名“水库公园”。一九六六年，正式向外开放。有十二大景区，一百二十多个景点。位于深圳市东部，东连梧桐山，西临沿河路。画眉斗雀比赛和菊花展是公园的传统节目。

斗画眉

画眉血战相死拼，
羽毛飞溅血纷纷。
本是同类笼中鸟，
何为他人博笑声。

梧桐山临近繁华市区，南临南海大鹏湾，与香港新界的山脉相连。山里溪涧幽邃，植物茂盛。梧桐山是深圳河的发源地，主峰山泉汇入天池，天池水顺着山谷而下，形成了壮观的瀑布。春雨时，一泻百米，声如洪钟，散出万朵雪花，异常美丽。梧桐山是国家级风景名胜区。

梧桐山戏水记

时间长廊，岁月留香。几个耄耋股友，芒鞋竹马，瓶水干粮。相约去梧桐山戏水观光。稀疏的白发，显露出岁月的风雨；脸上的皱纹，雕刻着历练的沧桑。不彷徨，不感伤，即使暮年，也要萧潇洒洒，享受人生的最后一抹斜阳。

来到梧桐山下，但见树木葱茏，藤粗蔓壮，水花飞溅，溪水流淌。蝴蝶在溪畔起舞，秋虫在林中鸣唱。头顶上飘过一阵阵水雾，大树下跳动着斑驳阳光。艳丽的山花，在秋风中渐渐苍老，凋落的黄叶也透露出淡淡的感伤。然而，新的嫩绿又在枝头上左右摇曳，紫红的簕杜鹃在艳阳下尽情地绽放。啊，我感悟到生命的轮回，大自然的新陈代谢不可阻挡。啊，我醉了，清清溪水像一杯杯美酒，注入我炽热的胸腔。啊，我醉了，仰天长啸："呵——呵——""呵——呵——"山谷传来阵阵回响。

老张、老王，一个个像淘气的孩子，在溪流中击水干仗。独木桥上显英姿，溪石腾跳逞豪强。拍一个视频，让生活更加丰富多彩，把这良辰美景与更多的朋友分享。那溪、那水、那波、那浪，像圣洁的方舟把我们载向诗和远方。

夕阳西斜，华灯初上。尽兴而归，笑声朗朗。

躺在床上，疲惫的我，渐渐进入梦乡。梦中我又一次来到梧桐山的小溪旁。一湾秋水，淡淡清香。和煦的阳光把大地染成一片金黄。水照样多情，花依然芬芳。数不清的白鸽在我头上飞翔。啊，梧桐山的小溪，你就是我追寻的那一抹斜阳……

深圳东部海岸线上，还有一处非常著名的风景区，由大鹏所城、东山寺和较场尾三处景点组成，离市区大约五十五公里。节假日由于游览的人太多，往往要预约车辆才能通行。

大鹏所城建于明洪武二十七年（一三九四年），为防御海盗、倭寇侵扰而设。鸦片战争期间，在抗击英国侵略军方面，发挥了重要作用。主要建筑有左营署、参将府、守备署、火药库等。原有格局基本保留。城内有三条主要街道。

位于大鹏所城东边两公里处，有一座规模宏大的寺庙叫“东山寺”。相传一代风水大师赖布衣云游大鹏湾，路经东山龙头石山，发现该地有紫霞光，便告知当地村民，此为胜地，建庙可保一方平安。于是，建成了东山寺，成为传承中国禅宗的岭南名刹。东山寺香火旺盛，是当地市民的信仰中心，亦是人文荟萃之地。

紧靠大鹏所城的较场尾，曾是大鹏所城练兵比武的有海岸线的村子。风景优美，沙滩狭长，现有三百多家民宿，中式、日韩式、田园风格、小清新风格等，风格各异，色彩亮丽，号称“深圳的鼓浪屿”。

由于儿子在较场尾开了一家颇有名气的民宿，我和老伴近几年都去那里过春节。在风和日丽的海滩上漫步，在大鹏所城逛街，在东山寺拜佛，在原野里观赏樱花。当然免不了还要品海鲜、打麻将、逗孙儿孙女们嬉戏玩耍，尽享天伦之乐。

较场尾春节散记

一

又在海边过大年，

不惧岁月逝如烟。

尤喜舒心麻将夜，
抖擞精神一赢三。

二

海边过大年，
东山古寺前。
还能来几次？
大佛笑不言。

三

深圳春来早，
樱花悄然开。
渔村地偏远，
游人自寻来。

四

寒流袭深圳，
夜晚行人稀。
路旁萧瑟处。
为客送寒衣。

除夕，在儿子的民宿中打麻将，小孙女也来凑热闹

我们全家和儿媳的父母、亲戚们欢聚在一起

“有朋自远方来，不亦乐乎？”同学们旅游来较场尾看海

深圳的冬天固然美好，但到了五六月就骄阳似火了。明晃晃的太阳一早就挂在天上，真叫人望而生畏。于是我三十六计，走为上策。为了逃避酷热，我在气温相对温和的成都买了一套住宅。每年夏天住上几个月。四川是我的故土，是生我养我的地方。我住在离浣花溪公园很近的龙湾半岛，小区紧贴着清水河。一条宽阔舒适的林荫大道，夹在小区和清水河之间。路旁的大树把天空挡得严严实实的。不但太阳晒不进来，即使下点小雨，也安然无恙。

龙湾半岛

居所一长廊，
十里桂花香。
小雨无积水，
烈日有荫凉。
白鹭顶上飞，
绿水身边淌。
若觅蓬莱地，
何必去苏杭？

有人也许会问：既然成都这么好，为什么远离故土去深圳呢？除了当时生意上的原因，真实的答案只有一个：人老了，怕冷。我对冷特别敏感。每当“巴山夜雨涨秋池”时，血压就波动得很厉害。蜷缩在屋子里，望着“九九艳阳天”的深圳，能不心动吗？

答友人

寒风冻雨锁锦城，
南国依然处处春。
冷热在天不在我，
效法候鸟求温存。

深圳的冬天（七律）

又是寒冬飞天涯，
满眼苍翠满眼花。
晨观清风吹细浪，
暮赏水鸟戏落霞。
漫步浅滩拾彩贝，
静卧巨石抚白沙。
心宽天地自然广，
忘却西山夕阳斜。

岁月不饶人。每次旅游都离不开小女儿梁捷。自从湖南的工程结束后，她就不再工作，一直在家照料我和老伴。虽说有保姆，但女儿的作用是外人所不能替代的，是名副其实的“小棉袄”。

这次旅游的目的地是北方的历史名城青岛。二〇一七年，在春暖花开的人间四月天，我们一家出发了。

首先到了武昌的黄鹤楼。这座坐落在蛇山顶上的“天下第一楼”，历代的文人骚客游此都要吟诗作赋。崔颢、李白、白居易、陆游无一例外，而唐朝诗人崔颢的“昔人已乘黄鹤去，此地空余黄鹤楼”已成为千古绝唱。据说“诗仙”李白见黄鹤楼风光无限，诗兴大发，本想在墙上写几句诗，猛抬头看见崔颢的七言律诗《黄鹤楼》，立即把笔放下叹道：“此前有景道不得，崔颢题诗在上头。”一方面说明李白的谦虚，另一方面也衬托出崔颢这首诗确实出神入化，无人能及。于是，黄鹤楼因此诗声名大噪了。

气吞云梦黄鹤楼，无限风光眼底收

黄鹤楼怀古

崔颢题诗黄鹤楼，
李白低下半个头。
英才尽逝楼犹在，
悉数人间换春秋。

下一站是历代皇帝都要祭祀天地的泰山。泰山这座具有历史和文化意义的山，号称“五岳之首”。说实在的，除了人文意义，它既不高，更说不上什么美。与山清水秀的黄山、峨眉山、张家界比起来，根本就不是一个档次。倒是泰山南麓的岱庙给我留下了深刻的印象。其规模宏大的古建筑群，处处彰显出历代帝王祭祀大典的气派。

我登上了一千五百三十二米高的玉皇顶。对于山东省来说它是最高点，但与三千多米高的峨眉山金顶比起来，就有点小巫见大巫了。杜工部“一览众山小”，显然不光是单单说山之高，更多的是藐视世俗的弦外之音。

登泰山

巍巍东岳云雾绕，
攀登莫言君行早。
石头险壁也惊魂，
还须深思众山小。

离泰山玉皇顶不远了

到了目的地青岛，心情格外高兴。这座国家历史文化名城，被誉为“东方瑞士”的国际性港口城市，果然名不虚传。碧海蓝天，使人心旷神怡，虽然崂山也像泰山一样有点让人扫兴，但像八大关之类的景区，却令人赞不绝口。

樱花此时已渐渐谢了，失去了前些日子的妩媚，但中山公园的园林仍美不胜收。看来公园的能工巧匠们用智慧的双手，尽量留住了美丽的春天。

看青岛园林

才看济南趵突泉，
又到青岛看林园。
人生处处有美景，
勿负缤纷四月天。

这次青岛之行，到此圆满结束。

一九九八年，我和老伴去了一趟欧洲。二十多天，走了大大小小十一个国家。当时旅游业还不是很发达，组织我们去旅游的是什么机构都搞不清楚了，只知道有点神秘。不招社会上的旅客，只以深圳老年大学的学员为对象。据说是怕一旦去了欧洲，中途离团不回国了。因此，一到欧洲，就把护照收了统一保管，说也奇怪，我们在欧洲购物、吃饭，当地人都把我们当成日本人。我说："我是中国人。""啊，台湾来的。"我说："我们是中国大陆来的。"于是，他们瞪大眼睛，显得很惊奇。

这次旅游，我事先准备了一个照相机和笔记本。照相机是照相的，笔记本则记一些简单的见闻，偶尔也写一两首小诗。

五月三十日上午十一点半，由香港起飞。经乌鲁木齐横穿西伯利亚，十二个小时后，降落在荷兰的首都阿姆斯特丹。深圳大学的一对夫妇说他们是研究社会学的，想看看这里世界上最大的红灯区。红灯区由两条很长很长的街道组成。街道两旁是清一色的像百货商场那样的橱窗，每个橱窗内坐着一个性工作者，来自世界各地的各种肤色的数千女人充斥在橱窗中，且有营业执照和卫生许可证。街上人头攒动、热闹非凡，但看不见一个警察。

荷兰阿姆斯特丹的大木鞋

在荷兰，我们还去了海牙，参观了国际法庭、风车村，游览了运河。值得一提的是，从旅客的角度出发，欧洲各国仿佛没有国界似的。国家之间自由出入，不需要查看任何证件。只是导游告诉我们需要兑换货币，由德国到法国要把德国马克兑换成法国法郎。只有美元才可以自由流通（当时还没有出现欧元）。

比利时首都布鲁塞尔南面约二十公里处，是一代枭雄拿破仑全军覆没的滑铁卢古战场。英国侯爵、反法联军统帅惠灵顿，把缴获拿破仑的枪炮铸成一尊硕大的铁狮子，安放在狮子山上。铁狮子警惕地注视着南方（法国的方位）。见此，游客都会心地笑了。几百年来，对于法国人来说无疑是一杯难以下咽的苦酒。

来到滑铁卢，感慨万万千

滑铁卢（二首）

一

胜者写历史，
千古一个理。
只按我心愿，
管你喜不喜。

二

人生这本书，
苦读莫粗疏。
一旦翻篇过，
当心滑铁卢。

小男孩于连撒尿的铜像是布鲁塞尔的市标，有四百多年的历史。据说于连半夜起来尿尿，看到一条燃烧的引信，原来是法军要用火药炸城。小男孩找不到水源扑火，灵机一动，撒尿把引信淋熄，拯救了布鲁塞尔。从此，五岁的于连成为布鲁塞尔第一公民。大凡到过布鲁塞尔的外国人，都要一睹这位撒尿小童的风采。

尿童

于连智勇救京城，
艺术大师显才能。
男孩当街一泡尿，
逗笑全球观光人。

六月一日中午，到达著名的浪漫之都巴黎。巴黎是世界著名的四大都会之一，面积一百零五平方公里。若包括郊区，人口达一千一百四十九万。美丽的塞纳河蜿蜒穿过市区。巴黎是艺术之都，也是鲜花之都。米黄色的建筑物，无论是庭院中还是阳台上，到处是盛开的鲜花。

我们游览参观了凯旋门、香榭丽舍大道、凡尔赛宫、罗浮宫、巴黎圣母院。畅游塞纳河，登临巴黎任何一个角落都能看得见的埃菲尔铁塔。

埃菲尔铁塔坐落于战神广场，建造于一八八九年，是一座镂空结构的钢铁建筑，高三百二十四米，重一万吨。它是世界著名建筑，也是法国文化的象征。

埃菲尔铁塔设有上、中、下三个瞭望台。电梯上下，可同时容纳上万人。每年接纳六百多万游客。

设计该铁塔时，建筑师埃菲尔当年五十三岁。

巴黎多盛景，铁塔最有名（图为埃菲尔铁塔）

登埃菲尔铁塔

战神广场耸铁塔，
塔顶俯瞰千万家。
塞纳河中船只少，
凯旋门下人如麻。
香榭丽舍风情美，
罗浮宫深万朵花。
巴黎感谢埃菲尔，
建筑史上一奇葩。

戛纳是法国南部地中海边的休闲小镇。五千米长的沙滩，四季不谢的花朵。蔚蓝的大海，高大的棕榈树。每年一次的戛纳国际电影节吸引了无数游人。它气候温和，风光瑰丽。尤其是北欧来此度假和观光的游客，晒太阳是他们的酷爱。广阔的海滩上，不分男女老幼，要么穿个三角裤，要么什么都不穿，翻来覆去日光浴，一晒就是大半天。

戛纳海滩

北欧游客体格强，
戛纳海滩不着装。
男男女女一大片，
专心致志晒太阳。

六月六日黄昏，我们到达德国的科布伦茨市。市区洁净清幽，富裕美丽。司机迷了路，找不到下榻的酒店了。犹豫中，一辆小车开了过来。问明情况后，车主非常热情地为我们带路。走了许久，开到一家酒店前。待确认是这家酒店后，他才挥挥手，驾车离开。不留名，不留姓，不要一分钱。

第二天游览莱茵河。路边一些堆放着琳琅满目的报纸的书摊无人看管，导游说这些书摊都是取报自觉投币。从第二次世界大战废墟中觉醒的德国人，素质不得不令人称赞。

莱茵河发源于瑞士的阿尔卑斯山，全长1232公里，是西欧的第一大河，流经列支敦士登、奥地利、法国、德国和荷兰。莱茵河流经德国的部分长达865公里，流域面积占德国总面积的百分之四十，是德国的摇篮。科布伦茨市河段是莱茵河景色最美的河段。这里河道蜿蜒曲折，河水清澈见底。

微风荡清波，畅游莱茵河

游莱茵河

水清浪细莱茵河，
远山含翠古堡多。
今朝两岸琴声美，
昔日一遍鬼唱歌。
二次大战策源地，
五洲黎民咒妖魔。
痛定寻求和平路，
远客来此荡碧波。

去奥地利途中，在卢森堡遇见两个可爱的小女孩

奥地利首都维也纳位于多瑙河畔，是著名的音乐之都。贝多芬、莫扎特、舒伯特都在这里生活过。我们参观了金色大厅、莫扎特故居和茜茜公主喜爱的美泉宫。电影《茜茜公主》在我国上映时，盛况空前，成为街头巷尾人们的谈资。所以到了维也纳，专门去看了茜茜公主生活的美泉宫。美泉宫当然美丽，但陈旧的宫墙和凋谢的宫花，难以掩饰这里早已物是人非。

茜茜公主美泉宫，点点宫花依然红

茜茜公主

茜茜才高貌倾城，

权势显赫震四邻。

宫花凋谢春光老，
人生到头终归零。

在瑞士，我们去了卢塞恩、苏黎世和日内瓦。无论哪里，给人的印象都是富裕、宁静、舒适、平和。阿尔卑斯山峰峦起伏，雪水汇集的湖泊清澈见底，比碗口还大的月季花，外国人比本地人还多的日内瓦，无不具有强大的魅力。

瑞 士

阿尔卑斯变幻奇，
湖光山色着人迷。
自然风光哪最好？
瑞士全欧数第一。

摩纳哥位于欧洲西南部，三面被法国包围，另一面是地中海，是世界上第二小的国家。全国只有一个市镇单位，总人口只有三万多人。它有一个举世闻名的大赌场，叫“蒙特卡罗大赌场”，犹如一座豪华的宫殿。年收入超过四千万法郎。赌场有两道门：第一道门任何人都可自由出入，但只有老虎机之类的小打小闹；第二道门要买票，可以豪赌，但只准外国人进入，本国人不能进入。

摩纳哥濒临地中海，惊涛拍岸，风光秀美

摩纳哥是富人的天堂，豪宅比比皆是

摩纳哥赌场

赌场两道门，
态度很鲜明。
只赢外国佬，
不害本国人。

摩纳哥与意大利近在咫尺。进入意大利后，我们游览了罗马、米兰、威尼斯和佛罗伦萨等城市。罗马是意大利的首都，也是西方文明的中心。古迹很多，但很值得一提的是罗马斗兽场（又称“角斗场”）。

雄奇磅礴的斗兽场，现存残垣断壁，只剩下大半个骨架。斗兽场是七十二年开建，由四万名战俘用八年时间建造而成。能容纳九万多名观众。共有下、中、上三层座位及顶层只能站着看的站台。打斗者大部分都是奴隶和犯人，带有短剑或戟。

八〇年，斗兽场竣工之时，古罗马统治者驱使五千头猛兽与三千名奴隶、战俘、罪犯上场“表演”殴斗。这种人与兽、人与人的厮杀持续了一百天，直到他们自相残杀、同归于尽。有人说，只要随便抓一把泥土一捏，就可以看到手上血迹斑斑。

斗兽场

残垣断壁斗兽场，
人间炼狱惊四方。
粒粒沙土滴滴血，
罪恶历史不能忘。

因祸得福的事在我们身边也偶尔发生，但最典型、最搞笑的莫过于比萨斜塔了。比萨斜塔位于意大利的比萨城北大教堂的后面，是教堂的钟楼。一一七四年，该塔开始建造，外墙由乳白色的大理石砌成。原设计塔高为一百米左右，但动工五六年后，塔身从三层开始倾斜，于是改建只到五十五米。完工时，塔顶已南倾三点五米。意大利政府将其关闭，进行了修整。专家们对其倾斜的原因说法不一。工程曾两次间断了很长时间，历经约二百年才完工。但塔倾斜反而越发严重，顶层到地面偏离达四点五米。可是历经几百年，就是不倒。更由于意大利物理学家伽利略在比萨斜塔上做了自由落体实验，于是其蜚声中外，成为旅游观光的胜地。收入颇丰，成了比萨市的经济支柱。

比萨斜塔，斜而不倒，蔚为奇观，引来世界无数游客

比萨斜塔

比萨斜塔本败笔，
因祸得福真神奇。
参观人流千千万，
聚金宝盆名不虚。

意大利是我们这次旅游的最后一个国家，然后由罗马取道香港回国。这次旅游增加了知识，扩大了见闻，拓宽了视野，留下了许许多多美好的回忆。

第五章　桃李芬芳笑夕阳

秋叶选择了大地，是一种智慧，是一种感恩。因为是大地给了它生命，给了它辉煌。它回归大地，倾心相报，化作春泥更护花。

我虽定居深圳，但二〇〇九年在成都购置了住房后，每年夏天都要来成都居住，躲避深圳的酷暑。终于与退休的同学们接上了头，从此与不同班级的同学每年都有多次聚会。

首先需要提到的是我任班主任的一九七五级二班。这个班学生来源五花八门，有下乡知青，有民办教师，有复退军人。光党员就有十一人，为巴中师范学校建校以来，党员人数最多的一个班。两年时光不算长，但也不算短。共同的学习生活，使我和同学们结下了深厚的情谊。在该班党小组组长、团支部书记马本寿，班长王胜修，以及梁大雄、李新仁、岳海平、向荣成等同学的组织策划下，二〇一〇年七月在成都清水河公园举行了一次较大的聚会。重庆、南江、巴中等地的同学也纷纷赶来。不少同学是四十年来第一次相见。久违重逢，场面感

巴中师范学校一九七五级二班毕业留影

人，有说不完的离情别意。从此，每年都有多次聚会。一同共享退休后丰富多彩的快乐时光。

清水河公园在成都西边三环路附近，地域宽阔，风光幽美。清水河是成都母亲河锦江的上游，水源来自都江堰。是时，正值盛夏，一股清澈的河流横穿整个公园。凉风吹来，神清气爽。再加上绿树成荫，雀鸟争鸣，真使人如醉如痴，流连忘返。我和这个班的同学先后两次在此聚会，也即兴写了好几首诗。

清水河抒怀

（一）

湖水含烟湖花红，
湖畔酒香淡淡风。
思念不断缘不断，
四十年后又相逢。

（二）

离别四十载，
相聚故事多。
奔波数百里，
情满清水河。

（三）

人生无时不相逢，
最惜晚年思念中。
多少往事浮眼底，
茶渐浓时情亦浓。

和巴中师范学校一九七五级二班的学生欢聚在成都清水河公园

茶渐浓时情亦浓

二〇二一年，又是七月，我和该班部分同学相约游览仁寿的黑龙滩和眉山的三苏祠。热情开朗的梁大雄同学专门开车接送我。梁大雄工作能力强，高级政工师，写得一手好文章，曾主编《川北高速》。一路嘘寒问暖，照顾得非常周到。但同学们认为我年事已高，唯恐有个什么闪失，又特别委派荀小丁专门关照我。荀小丁的父亲是我的老领导，他酷爱诗歌，和我是关系颇为密切的诗友。由此荀小丁更是跟上跟下，寸步不离，情真意切，感人至深。玩得尽兴之余，我也写诗抒发了当时的感受。

游黑龙滩

波光粼粼暖风吹，
游船悠悠载梦回。
教案泛黄终不悔，
喜闻耳旁歌声飞。

三苏祠

川人言先贤，
三苏必在前。
今日拜遗址，
感慨万万千。

“唐宋八大家”中，苏洵、苏轼、苏辙父子三人就占了三家，书写了中国文学史上的一段佳话

云卷云舒不在意，花开花落任由之。人生暮年，身边常有几个亦生亦友的同学拉拉家常，畅谈人生，也是一大快事。李新仁同学就经常与我谈天说地。他办事缜密，为人厚道，在大兴安岭当兵时是个班长，给我讲过许多惊心动魄的故事。他的妻子龚淑英也是一九七五级二班的同学，是毕业后在工作中产生感情结婚的。退休后，夫妇二人和孩子一起住在德阳市，晚年生活幸福。他身体不怎么好，经常住院，但同学们在成都聚会，他都要赶来参加。我每次劝都劝不住。他文字功底好，也喜好写诗。每次旅游像我一样总爱写上几句。二〇二三年，坐

船顺长江而下，他就写了不少。现抄录两首：

一、丰都鬼城有感

丰都雄踞名山顶，
欲登鬼都路难行。
人间哪有神灵在，
只缘借此诲众生。

二、三峡白帝城

大唐李白诗一首，
世人争相来此游。
白帝古城今犹在，
可惜两岸无猿猴。

我想我们都是凡夫俗子，但情之所至，提笔挥洒，也是一种乐趣。

农耕时代，温江区无疑是天府成都的精华，就是今天在国民生产总值中，也占着举足轻重的地位。二〇二一年秋天，应岳海平夫妇的盛情邀请，和部分同学去那里游玩。岳海平精明干练，豪爽好客，把家打理得井井有条。同学们嘻嘻哈哈玩了一天，非常尽兴。

温江行（一）

飒飒西风催叶黄，
柳河之滨胜春光。
谢君席前一杯酒，
人生难得话衷肠。

温江行（二）

看似平常会，
不饮人亦醉。
一旦卧病床，
方知多宝贵。

生活总是一半明媚，一半忧伤。和同学们相聚的欢乐中，也穿插着哀愁。

王如德同学，刻苦好学，成绩优秀。我经常把他的作文在班上评讲。他在农村坚持教学三十八年，改变了不少农家子弟的命运，深受群众欢迎。

记得在一次闲聊中，得知他居然能背诵我在微信中发的所有诗。吃惊之余，我告诉他："我写的诗，看一看就行了，不值得花那么多时间，要背就背唐诗。"二〇二三年九月二十日，突然从班长王胜修那里得知他因患肺癌去世，不胜悲痛。除向他的家人致意外，即时写了一首小诗：

悼王如德君

噩耗不忍闻，
痛煞白发人。
挚诚真君子，
好学一书生。
讲台无春夏，
山村有孤灯。
同窗思念苦，
黯然泪沾襟。

同学们纷纷以各种方式表示悼念，苟小丁更是自始至终参与治理丧事，尽心尽力，感人至深。

一九七八级一班，是巴中师范学校文理分科后的第一个文科班。招的是高中毕业生。语文教材为四川师范大学的《文选及习作》。毕业后任初中语文教师。该班喜欢诗词的同学不乏其人。就是今天也仍在微信群中发表诗歌。姜壮良、谢树富、覃方政等同学都有相当的功底。一天，微信群中的一首小诗引起了我的注意，标题是《静默》。

静 默

蓉城八月起疫情，
万户静默盼归零。
张生宅家刷手机，
莺莺推窗拍视频。

作者巧妙地用了《西厢记》中张生与崔莺莺的典故，描写了“静默”宅家只能拴住身体，而小青年们用手机照样可以传递柔情蜜意。诙谐幽默，大有“春色满园关不住，一枝红杏出墙来”之妙。再看作者为“柴禾”，我立即知道这是该班班长孙国茂所写。孙国茂思维敏捷，想象丰富，经常与我有诗词往来。如他的《炊烟》，虽短短几句，却构思新颖，言简意赅。

炊 烟

不再是一缕紊乱的思绪，
缠绕着岁月的辛酸。
是村民心底吐出的情丝，
编织着生活的花环……

由此，我又联想到我们一次愉快的相遇，那是二〇〇九年夏天，他时任巴中市纪委副书记。听说我到了巴中，他就挤出时间驱车陪我去通江诺水河观光。诺水河风景区是巴中市著名的景点，奇峰突兀，怪石嶙峋，大小溶洞遍布山间。玩了一整天，回到酒店，余兴未消，挥笔写了两首小诗。

游中峰洞

无风水波涌，
洞大好行船。
石乳千柄剑，
危崖一线天。
头顶群星闪，
脚下石级悬。
恍惚入仙境，
天下一奇观。

山乡行

行走林间道，
山花处处香。
竹棚育银耳，
石圈养黄羊。
沟涧菜苗青，

田坝稻穗黄。

智慧加汗水，

迎来好时光。

我性格内向，交友不多。在成都经常一起游玩的，大都是我的学生。提起我的学生，我一百个感恩。像庞济寿等同学，用“关怀备至，体贴入微”来形容，一点也不过分。又譬如苟小丁，每次同学聚会，只要有苟小丁在，他总是身前身后，牵着扶着，唯恐我有半点闪失。

我家附近有个茶楼，环境清幽舒适。庞济寿怕我生活单调寂寞，经常邀约一些同学来这里陪我斗地主。我斗地主就是他和岳伦荣教会的，也确实成了我的一个爱好。我们三人经常在一起斗，既是师生，也是牌友。除了同学们聚会餐后在酒店斗之外，在光雾山上斗，在毕棚沟雪山下斗，在六盘水旅途中也斗。丰富生活，开动脑筋、心情愉悦。记得在我家附近的那个茶楼上，我们往往一斗就是大半天。有个四五十岁的中年男子，看来也是一个爱好者，见我们斗得起劲，有段时间，每次都要过来观战，并不时评点助威。得知天冷我要离开成都了，他非常高兴，兴高采烈地对岳、庞二人说：“你们老师走了，我来顶替他，我们继续斗。”岳伦荣干净利落地回答他：“老师走了，我就不会过来了。我不可能来回坐三个多小时的车，陪你斗地主。”

我家离浣花溪公园近，当然浣花溪公园是我去得最多的地方。据说浣花溪公园是成都唯一的五星级公园。

二〇一九年九月，与孙国茂、王敏方、赵得安、郑芳、江丽华等好几位同学一同游览了杜甫草堂和浣花溪公园。王敏方是个有心人，还一心惦记着为我排忧解难。其情其意，令我心存感激。玩了一天，我写了一首五言诗：

秋 游

诗圣故居地，
千年浣花溪。
秋光依然好，
师生话情谊。

孙国茂写了一首七言诗：

游浣花溪公园

浣花溪畔鸳鸯柳，
碧玉妆罢秋色中。
缕缕情丝飘春意，
何须知章二月风。

和杜甫草堂一墙之隔的浣花溪公园更是风和日丽、清爽宜人

与孙国茂、王敏方、郑芳等同学在杜甫草堂杜甫塑像前合影

二〇二二年六月，同孙中华、张占海、李金华、何宝章、王琼芳等十多位同学结伴去东安湖畅游。春末夏初，东安湖碧波荡漾，水天一色。

游东安湖

小花挂上树梢头，
湖畔溪水轻轻流。
往事不忘心为纸，
路遥常聚情化舟。
晨雾阴雨勿忧戚，
夕阳晴空更不愁。
尽兴放飞乐当下，
何日重游唱晚秋？

巴中师范学校一九七四级艺体班，由学音乐、美术、体育的三部分学生组成。学音乐的同学自然成了学校文艺演出队的基本班底。其中大部分是能歌善舞的重庆知青。演出水准在巴中县当然是一流的。文艺演出队既然是学校的一张脸面，学校当然极其重视，叫我大力协助教音乐的王素英老师。王老师也是西师毕业，我的校友，歌唱得非常好。有好几次我们教研室的老师正在高谈阔论，王老师在风琴室练声的歌声传来，大家都叫停，一齐聆听她唱歌。当年甘泉公社演出队所有的歌舞节目，都是我写的词，她谱的曲。后来，她调到四川师范大学，是音乐系的副教授。

二〇二一年，艺体班的同学邀请我们在人民公园聚会。来的同学很多，有见多识广的杨舒，有已成为绵阳师范学院声乐教授的符国庆，还有黄世华、林荣平、郑芳等十多位同学。毕竟是搞艺术的，一个个虽说青春不再，但仍异常活跃，妙趣横生。大家一起回忆以往演出中的逸闻趣事，回忆难以忘怀的青春岁月。就这样热热闹闹地玩了一整天。

巴中师范学校文艺演出队，当年在巴中的舞台上曾大放光彩。
符国庆如今已是绵阳师范学院的声乐教授

人民公园（二首）

（一）

人民公园花正好，
花开依旧人已老。
目睹园花别样红，
顿思巴师青青草。

（二）

演艺风靡通南巴，
歌舞声中度芳华。
大幕落下不言老，
笑指西天看晚霞。

二〇二二年七月，雨后放晴。李明、沈金萍夫妇邀请我和老伴以及庞济寿、岳伦荣去他们家附近的天府艺术公园游园。天府艺术公园地处成都西北三环边。以天府文化为中心，打造了天府美术馆、艺术馆和图书馆三座地标性馆所。馆外花团锦簇，绿草如茵，湖光塔影，烟雨迷蒙，好似一幅林环水绕的水墨画卷。

午餐去他们家用餐。房屋虽不很大，但窗明几净，布局清新宜人，很有品位。记得我和老伴曾先后多次去同学们家做客。他们的住所都各具特色。庞济寿住在高档小区，景色精致。房屋内陈设典雅现代，书香气很浓。罗碧政住在闹市区中的一幢别墅，室内电梯，楼上楼下房间甚多。这无疑是他儿子的杰作。他的儿子风华正茂，干练有为，多次参加我们的聚会。在父亲的同窗和老师面前彬彬有礼，进退适度，体现出良好的素质和修养。马晓玲房屋甚多。巴中和成都的居所，我和老伴都去打扰过。室内装修，一言以蔽之：好。她和丈夫梁林忠还邀请我们去海南博鳌她家过冬。这对夫妇酷爱旅游，满世界跑。不知是夫唱妇随还是妇唱夫随，反正琴瑟和鸣，幸福美满。

话扯远了。那天，我和岳伦荣、庞济寿无疑在抓紧时间斗地主。战斗正酣，李明已端出了满桌的菜肴。不但品种多，而且色香味俱佳。因为出乎意料，所以大家边吃边赞不绝口。

做客归来

园林风光好，
雨后暑气消。
辞别意未尽，
犹思厨艺高。

我配上拍摄的园林风光图片，发在微信朋友圈中，点评的朋友不少，而参与者岳伦荣更是不甘寂寞，长篇大论地进行评论："字字珠玑。对景色、天气、主人的厨艺和热情的评价名副其实，恰到好处。大家同感，让人意犹未尽。"沈金萍对我的诗回应道："谢谢恩师的赞美，以后李明会更加骄傲了。"岳伦荣不赞同，立即回应道："不是以后骄傲，而是人家一直保持低调。一个人帅、人品好、工作顺风顺水、单位成就辉煌、教女有方、管妻有度、书法一绝、厨艺一流、贤夫良父的优秀男人形象展现在我们面前！昨天我才真正、完整、客观、公正、真实认识了李明同学。"最后，还不忘幽默地补上一句："重点是管妻有度。"

同学们就是这样亲密和谐，友好互动，几十年了，始终忘不掉同窗学习的那一段情谊。

岁月不饶人，都是退休的人了，身体或轻或重都有些毛病。我们也常常相互提醒，但是明天和意外谁也不知道哪个会先来。不幸的事终于在二〇二三年四月发生了。一九七九级文科班班长刘新成突发脑出血，昏迷不醒。同学们奔走相告，异常关切，急急忙忙前往医院探视，一边安慰家属，一面出谋划策，都盼着老班长转危为安，尽早醒来。我远在深圳，不能前往看望。于是写了一首小诗发在微信群里，表达我的一点心意。

寄新成

（身居天涯，不能探视，怀念之情，以小诗代之）

南龛山下幸识君，

和善谦虚心坦诚。

从无佞言事生事，

更不邀功人整人。

心怀旧情常聚会，

肝胆相照一家亲。

祈愿沉疴早痊愈，

同窗呼唤领班人。

世事如苍狗，生命终凋零。同样不幸的事情，也发生在该班杨翠兰身上。这个看似身体还不错的女生，由巴中返回成都没几天，竟意外地去世了。噩耗传来，我除了表示沉痛哀悼之外，特意嘱咐同学们千万不要掉以轻心，保养好身体，平平安安地欢度晚年。

翠兰君逝世有感

人生苦短叹无常，

众友唏嘘悼同窗。

音容有幸成记忆，

岁月无情化冰霜。

才喜巴中春阳暖，

又悲蓉城西风凉。

奉劝诸君勤锻炼，

共同珍惜好时光。

珍惜四季往来，珍惜花谢花开。

一九七九级一班也是文科班，是毕业后我接触最多的一个班。担任该班班主任时，我社会工作特别多。为了不使精力耗费在没必要的解决学生各种矛盾上，组建一个强有力的班委是非常必要的。经过相当一段时间的考察了解，新的班委成立了。果然，这个班委使我非常满意。班上学习、生活井井有条，从没有发生过大的事故。我和同学们的关系也非常融洽，两年来，从没有声色俱厉地公开批评过任何一个学生。这也为以后和谐相处打下了基础。毕业离校时，特意和班干部合了一张影，题字是“走向生活”。寓意是停泊在港湾的船即将远航了，希望他们在以后的惊涛骇浪中能顺利地走向成功的彼岸。果然天如人愿，这些没有任何背景的农家子弟，努力拼搏，锐意进取，终于获得了社会的认可，取得了显著的成绩。他们在不同的岗位上担任领导职务。班长刘新成任巴中市人力资源和社会保障局调研员。学习委员庞济寿任巴中市人民政府督察室主任、四川省人民政府督学。劳动委员杨天礼任巴中市委政法委常务副书记。体育委员李明任巴中市文化广播影视新闻出版局副局长、调研员。文娱委员沈金萍任巴中师范学校政教处副主任、巴中市朗读协会会长。生活委员何宝章任南江县机关党委副书记、南江县教育局常务副局长、中国关工委讲师团高级讲师、中国管理科学研究院教育研究员。即使当时在班上不显山、不露水的不少同学步入社会后，工作也非常出色，也担负起各种领导职务。刘兆型任巴中市财政局副局长，岳伦荣任恩威集团党委办公室主任兼高新区书记，尤其是何其容担任南江县职业中学校长期间，使学校发生了翻天覆地的变化，其政绩广为流传。学生中担任中小学校长的更是不乏其人。成功之花，为凌风傲雪的跋涉者而开，作为班主任的我无疑也感到无比欣慰。为此，我写了一首诗，填了一首词。

闻学子升迁有感

半世蹉跎半世情，
甘做人梯伴粉尘。
脚踏讲台三尺地，
心系桃李五更灯。
为求园圃花枝俏，
不惜韶华了无痕。
忽闻学子传喜讯，
遥望巴山笑黄昏。

破阵子·贺学子升迁

道路岂会平坦，
何况身出寒门。
长夜纱窗听风雨，
挑灯苦读迎天明。
关隘一层层。

笑看人间冷暖，

巴中师范学校一九七九级文科班毕业留影

巴中师范学校一九七九级文科班班委、团支委毕业留影

休言身边孤零。
胸怀为国为民意，
披荆斩棘向前行。
有志事竟成。

过去美好的记忆，被深深藏在心底，也许在等待一次重聚，仿佛彼此从未分离。

二〇〇九年，我离别三十年后，再一次回到巴中。班长刘新成率班委庞济寿、李明、沈金萍、马晓玲以及李中宽、范吉元等同学，驱车十余里，前往恩阳相迎。一束偌大的鲜花，凝结着同学们的深情厚谊。欢声笑语，情真意切，场面感人，催人泪下。

踏莎行 · 恩阳重逢

秋风送爽，
尽洗劳顿。
师生重逢恩阳镇。
一别巴山三十年，
江河千里无音讯。

双手紧握，
心潮翻滚。
话语如珠花似锦。

喜看株株栋梁材，
撑船艄翁也荣幸。

重逢有感

讲台粉笔伴青春，
伏案备课夜又深。
一束鲜花藏深意，
谁说蜡烛只照人？

恩阳喜相逢，师生情谊浓

坐在时光的门槛，一回头，几十年竟匆匆过去。同学们已纷纷退休了。曼妙的风景虽已成为过去的故事，但团结友爱的集体依然闪烁着温暖的光。同学们隔三岔五就要团聚互动一次，共同欢度退休后的美好时光。以庞济寿为群主的微信群，除了每天嘘寒问暖外，爱好诗词的同学常以诗歌的形式与大家分享各种见闻和感受。

李传年的《重阳》就描绘了在秋高气爽的日子里，与好友们相约游玩时的心情。因为心情舒畅，所见景物都那么惬意美好。第一句“何人”，最后一句“老友”，首尾呼应，结构严谨。而“高岭村”，顾名思义，地势无疑很高，与重阳这个特殊的日子巧妙地紧扣起来。

重　阳

拂晓何人轻叩门，
推窗野外遍地金。
朝阳梳罢半推雾，
晚月悄悄欲藏身。
山色空蒙青葱少，
水瘦石出波浪平。
菊桂飘香心潮涌，
老友可去高岭村？

庞济寿同学为人厚道、豁达，多才多艺。二胡、书法皆为同学们所称道。他酷爱旅游，一首《观丹霞地貌》，磅礴的气势，迎面扑来。而天上掉下的“调色板”，竟把张掖群山染了个五颜六色，想象丰富，构思奇妙，妙趣横生。

观丹霞地貌

鬼斧神工劈大川，
万千褶皱起斑斓。
天宫掉下调色板，
染就张掖这片山。

另一首《夏游嘉峪关》，因景生情，短短几字，饱含着对历代戍边将士的无限敬意。

夏游嘉峪关

西域要塞一边关，
千古名句唱阴山。
欲知将士征战苦，
遥看远峰冰雪寒。

我几乎年年都要和该班的同学结伴旅游。当然，名胜景区光雾山无疑是最值得浓墨重彩的。提起光雾山，那还得从二十世纪八十年代说起，那时光雾山还“藏在深闺人未识”。除了南江本地人外，几乎不为外地人知晓。那年秋天，达县地区文化局和四川大学联合举办文艺讲习会，地点选在南江县光雾山的桃园。桃园山高林密，是著名的川陕游击队的根据地。每个县选派两三个人参与。巴中县当时属于达县地区，我有幸参加了这次讲习会。因为山高路险，地区文化局专门和运输部门沟通，安排一辆新客车，选派最优秀的驾驶员。在车上，南江的诗人王敦贤向我们极力推荐光雾山。说它如何如何的壮丽雄奇，他一定要利用各种渠道把光雾山推介出去。我想这次讲习会选在光雾山的桃园召开，可能就与他的鼓动有关。和我邻座的几个朋友，知道我有点恐高，一路上指着深沟峡谷故意吓我。我当然有点紧张，不自然地用手紧紧抓住前座的后背。山越来越高，路也越来越险，他们吓我也越来越起劲。

车到陈家山，公路突然变得非常窄，有点像我们常见的板车道。一问才得知，这条路是林场用来拉木料的专用车道，一边是深不见底的山涧，一边是刀砍斧削般的岩石。弯弯曲曲的公路只能容下一辆车通过。如果对面有车驶来，老早就要选一个稍宽的地方紧靠山岩把车停住，让对面的车慢慢挪过去。如果一旦滑下山岩，那就什么也没有了。再说路面也坑坑洼洼，极其不平。汽车左摇右晃，仿佛随时都有翻下去的可能。见此情景，吓我的人也被吓着了。顿时，全车鸦雀无声，没有一个人说话。我闭着双眼，一百个懊悔不该来。但事到如今，也只能听天由命了。

突然，车停了。司机叫我们都下车。原来原本很窄的路，前面又出现塌方，露出月牙状的一个缺口。汽车很难通过。如此，汽车既前进不了，又根本退不回去。

司机在缺口处左看看右看看端详了半天，最后决定把车磨过去。见此情景，我们一个个都惊恐地瞪大眼睛，为司机捏了一把汗。汽车发动了，紧靠着山岩往前挪动。岩壁上的小树枝刮着车身叭叭作响。塌方处，有一个后车轮竟是悬空的。车，好不容易磨过去了，我们都为司机的勇敢和高超的车技惊叹。但前面的路也依然很窄呀，我们又都硬着头皮一个个上了车，把一切都寄托在司机的技术上了。时间一分一秒地过去。经过一个多小时的煎熬，车终于开到了地势平坦的桃园。猛然间，响起了雷鸣般的掌声，大家不约而同地为勇敢、技艺高超的司机鼓掌致意。

桃园是山顶上的一个平坝。原始森林遮天蔽日。其中不乏核桃、板栗之类的坚果。但由于离城太远，道路阻塞，不便贩卖，而食用又极其有限，因此除黑熊之类的野兽光顾外，村民仿佛都不会问津，任其自长自落。用于接待我们的小学教室，课桌上堆满了一堆堆猕猴桃。猕猴桃是小学生们去山野中摘的，个头不大，但非常香甜可口。

讲习会期间，大会曾安排我们带上干粮，三五成群，自由组合漫游。清澈的溪水顺着山涧流淌，遇到悬岩便飞泻直下，溅起千朵浪花。突然，一块巨石横在前方，像一座小山，令人惊叹不已。下山后，只要一提起桃园，我就会情不自禁地赞扬它如何雄奇美丽，真正是集夔门之雄、剑门关之险、峨眉山之秀于一体。

踏莎行·桃园

雾罩险峰，
参天大树。
黑熊豺狼常出没。
林下溪水绕山流，
雄奇美景难描述。

几户人家，
青砖瓦屋。
平坝遍种瓜和粟。
当年红军留火种，
赫赫游击司令部。

如此美好的桃园，但一想到过陈家山头皮就会发麻。桃园，我今生恐怕都不会再光顾你了。

然而，一湾秋水，几度春光。经过漫长的三十多年，再去桃园时，竟发生了天翻地覆的变化。

庞济寿夫妇、岳伦荣夫妇、马晓玲夫妇还有刘新成、库文法等同学邀约我和老伴去光雾山避暑。在大坝附近的民宿里住了整整十天。去光雾山的公路又宽又平，陈家山修通了穿山隧道。汽车平稳舒适，路程也缩短了许多。当地政府为了扶贫，在景区道路的两旁修建了一座座房舍，让深山里的人家迁来办起民宿。菜园里自种的蔬菜，门前河沟里捕捉的小鱼，每餐都变着不同的花样，味美可口。我们阴天在旅舍里斗地主，晴天就去山上游玩。爬香炉山，游黑熊沟，访秦关古道，重温桃园风光，玩得非常尽兴。芳华流年，浮生如梦。借一山美景，抚我半世沧桑。

光雾山

一

栈道悬深渊，
香炉云海间。
十月醉红叶，
五月迷杜鹃。
观景惊大坝，
避暑思桃园。
遍游名胜地，
最忆光雾山。

二

秦界驭骏马，
扬眉踏雄关。
坐看山岚起，
含笑度晚年。

在光雾山的林木中穿行

在山风阵阵、鸟鸣声声的民宿中消闲，是不是别有一番情趣呢

秦界驭骏马，含笑度晚年

因为我住在成都，所以旅游大都与家住成都的同学同行。这次游白鹿镇，除成都的同学外，巴中的刘新成、杨天礼、厍文法等同学也参加了，很是热闹。

白鹿镇在成都西边，距成都约七十公里，深入龙门山区。峰峦叠嶂，沟壑纵横。山上青松翠柏，郁郁葱葱。一条小溪绕小镇而过。河上有一座拱桥，是法国人设计并出资修建的，极大地方便了行人，为世人所称颂。可惜汶川大地震毁坏了一拱，剩下一拱仍立于河中。人们把它称为“中法友谊桥”。在诸多景点中，最值得一提的是领报修院，即上书院。它是西南地区最古老的天主教神学院，是全国重点文物保护单位。地震中坍塌，现已按原样基本修复。

白鹿镇法式风情街的欧式建筑，无不映射出法式风情的浪漫。

白鹿镇的美好时光已深深地藏在心底

花海是白鹿镇最大的园林公园，栽种着许多奇花异木。湖中的天鹅悠然自得。一切都美不胜收。

我们逛街、游园、观景，累了就在舒适的民宿中打麻将，欢度美好的退休时光。

一、一剪梅·白鹿镇

屋顶高尖圆拱窗，
异域风光，
咖啡飘香。
罗曼蒂克大道旁，
文明经商，
蔷薇芬芳。

一副眼镜街中央，
看似乖张，
硕大无双。
领报修院换新装，
巍巍教堂，
百年沧桑。

二、中法友谊桥

白鹿山下白鹿镇，
白鹿河畔起歌声。
拱桥虽断情未断，
过桥尚忆修桥人。

三、七律·白鹿镇休闲

天凉游人日已稀，
欧式街坊铺面齐。
白叟讴歌响大道，
青山抚琴伴小溪。
花海漫步戏天鹅，
牌室疾呼杠幺鸡。
珍惜当下秋光美，
下好人生这盘棋。

苍茫的大地，不老的青山。最使我喜出望外的旅游胜地，当属毕棚沟。

毕棚沟位于阿坝藏族羌族自治州理县境内，距离成都约二百公里。海拔最高达五千九百多米。奇峰峻峭，白雪皑皑。原始森林、高山草甸都给人以惊喜。雪水化成小溪，小溪造就了无数海子。海子水波不兴，清澈见底。映着蓝天，使人心旷神怡。山下有不少民宿，环境也都令人满意。

秋波媚·毕棚沟

夏日有兴寻清幽，
车驶毕棚沟。
千峰万壑，
冰川耀目，
冷风飕飕。

海子水面碧如镜，
小溪悄悄流。
块块草甸，
山花点点，
美不胜收。

晨望雪峰

玉洁无瑕一雪山，
曼妙轻纱云海间。
太阳悄悄欲窥视，
瞬间含羞变容颜。

毕棚沟集雪山、冰川、海子、草甸等诸多高原景观于一体，永远令人神往

在毕棚沟民宿住了一夜，第二天早餐后，乘旅游车登山。我因年事已高，怕高原反应，早早备下了氧气筒。旅游车行至两千多米高的景区停下，让我们看高山海子。湖水清澈，冰冷刺骨。湛蓝的湖水映着高山林木。蓝天白云美不胜收。给人以空灵的感觉。

行至三千米处，仍是一片一片草甸和更大更深的海子。这时，工作人员提醒游客：年迈体弱的，可就此止步了。我只是感觉步履有点重，但心律还正常。于是观赏、游玩一阵后，我又继续上行。车至四千米处停下，上面不通车了。身体健壮的年轻人可徒步攀登。其余的量力而行，一定要注意风险。这时，我感到气喘吁吁，每前行一步都感到很吃力，于是便坐下休息。晶莹的雪山近在咫尺，雪山下面是一片光秃秃的石块沙砾地。一个藏族小伙说，他在那里挖过虫草。原地慢走了一圈，虽没有高原反应，但也不敢久留，我和老伴一起徒步往山下走。沿途原始林木，莽莽苍苍。枯枝落叶，尽洒林中。寒风阵阵，砭人肌肤。真一派高原风光。一两个小时后，到达了两千米处的观光点。

毕棚沟给我的印象，最难忘也最美好。

二〇二二年夏天，成都特别热，创下了四十摄氏度的历史高温。为了躲避暑热，庞济寿夫妇及其亲属、岳伦荣夫妇、马晓玲夫妇和我们全家相约随旅行团去著名的凉都——贵州六盘水避暑。

六盘水位于贵州的西部，和云南接壤。市名由最初下辖的六枝、盘县（今盘州市）和水城三个特区的头一个字组成。夏季平均气温仅十九摄氏度。气候宜人，是休闲避暑的天堂。

我们住在位于六枝特区落别镇附近的逸爽大酒店。酒店很大，看来是专门接待旅行团的。酒店前面是一个很大的广场，足足能容纳数千人。酒店方圆都是平坝。贵州“地无三里平”的谚语用在这里不合适。尤其酒店前方五六里远的地方是一大片休闲游玩的园林，遍种各种花草。一大片一大片的格桑花鲜艳夺目。我们摄影、游玩，先后去了好几次。

一、六盘水避暑

烈日酷暑匆须愁，
云贵高原凉悠悠。
六枝喜迎天下客，
缕缕清风助创收。

六盘水落别镇的片片花海。蜂飞蝶舞，姹紫嫣红，真像一幅幅流光溢彩的大画屏

二、晨游

晨雾罩花有似无，
草尖闪亮尽露珠。
方音飘来人未见，
已知老乡来凉都。

一天，去附近景点游玩归来，见广场架起了一堆堆木材，原来是有关部门定期安排的篝火晚会。旅客们顿时眉飞色舞，疲劳尽消。晚餐后，篝火燃起，在音乐声中，男男女女围着篝火，尽情地跳起舞来。

篝火舞会

让激情伴随着篝火燃烧，
让欢乐的歌舞洗涤旅途的疲劳。
让视频把欢乐的场景变成永恒，
让我们永远铭记今夜的欢乐美好。
你看——
那飞舞的流萤为舞会打着灯笼，
西天的红霞也为舞会助兴燃烧！

据说六盘水是古代的夜郎国，如今却变得如此美好。我们相继游览了龙井温泉和桃花公园。

戏 水

瀑布飞溅雪花，
荷塘绿叶无涯。
美女嬉戏玩耍，
江山如画，
珍惜人生晚霞。

根据旅行团的行程安排，八月六日，我们驱车前往黄果树风景名胜区。

黄果树风景名胜区位于贵州省安顺市西南四十五公里处，镇宁布依族苗族自治县境内。景区以黄果树瀑布为中心，以瀑布、溶洞、地下湖为主体。

黄果树瀑布，因当地广泛生长着黄葛榕而得名。瀑布高七十七点八米，宽八十三点三米，是亚洲最大的瀑布。一六三七年，徐霞客游历贵州时发现该瀑布。

黄果树风景名胜区冬无严寒，夏无酷暑。七月最热，平均气温也只有二十二摄氏度，是避暑的好地方。

天然盆景区是天星景区较大的一片天生桥上石林。弯弯曲曲的石板小道穿行于石壁、石壕、石缝中。前后左右处处皆成

石板青青水上行，凉风悠悠景色新

飞流直下大瀑布，亚洲居首黄果树

景。位于黄果树瀑布下游六公里处，水来自黄果树瀑布。

黄果树瀑布

惊世瀑布藏深山，
飞泻空流数千年。
庆幸贵人施慧眼，
致使英姿现人间。

踏莎行·黄果树瀑布

水雾腾空，
飞流直下。
捣珠崩玉谁不怕。
清波霞客两相逢，
立即名震华夏。
天然盆景，
石林石坝。
岩高雄踞亚细亚。
带动经济促发展，
山水有情传佳话。

黄果树景区

脚踏石板走，
水穿石缝流。
浪轻步履稳，
心安胜行舟。
惊险化欢笑，
衣湿人不愁。
花香扑鼻来，
含笑拂杨柳。

看了黄果树风景名胜区，下一个行程安排，便是游览举世闻名的织金洞。

织金洞位于贵州省织金县官寨苗族乡，离贵阳一百二十公里，是国家5A级旅游景区，被誉为“中国十大奇洞之首”。二〇一五年，成功入选联合国教科文组织世界地质公园网络名录。

织金洞长六点六公里，最宽处一百七十五米，相对高差一百五十多米。空间宽阔，有上、中、下三层。洞中遍布石笋、石柱、石芽、钟旗等四十多种堆积物，形成千姿百态的岩溶景观。

穿越织金洞

路小人挤石梯陡，
八十老翁穿洞走。
惊世美景助我行，
瞬间从容到出口。

游织金洞有感

荒山野岭路难行，
因地制宜能脱贫。
打造一个织金洞，
致富千千万万人。

在六枝特区逸爽大酒店住了半个月，行程即将结束。是夜，岳伦荣通知大家齐聚一间卧室。原来，余兴未尽的伙伴们要开一个惜别晚会。在欢声笑语中，不少人一展歌喉，献出了一支支美妙动听的歌曲。岳伦荣出人意料地展示了高超的组织能力和调动能力，轻车熟路地把惜别晚会由一个高潮推向另一个高潮。欢声笑语引来了同楼居住的一对夫妇。原来是重庆市某歌舞团的专业演员。他们的参与更增加了欢乐的色彩。

在六盘水的行程虽然结束了，但成都依然炎热。我们经过协商，一致同意转战百里杜鹃，领略另一个山花似锦、空气清

百里杜鹃处处都是风景

新的清凉世界。

百里杜鹃位于贵州省西北部，隶属于毕节市，因其原始林带宽一至三公里，绵延五十余公里而得名。园内有马缨杜鹃、露珠杜鹃、团花杜鹃等四十一个品种，囊括了世界上杜鹃花五个亚属的全部。它是国家级森林公园，为5A级旅游景区。暮春三月至五月，杜鹃花竞相怒放，漫山遍野五彩缤纷，享有“地球彩带”“世界花园”的美誉。

我们居住在景区的庙脚小镇。小镇街道依山而建，平行的几条街，房屋都是新建的，统一的户型。屋前屋后都种有各种鲜花。

民宿很多，价格不贵。我们住的那家民宿干净卫生，设施齐全。三餐自理。主人非常热情好客，尽量给我们提供种种方便。庞济寿的夫人席永芳的弟媳、姑姑皆与我们同行。

其弟媳热情开朗，舞姿优美。其姑姑非常能干贤惠，做饭洗涮，任劳任怨。由于家庭主妇众多，各显神通。饭菜花样每天不同，味道也精美可口。马晓玲的丈夫梁林忠，退休前任巴中市人民医院人事科科长，为人热情豁达、谦虚诚恳。对我这个家门关照有加。每次旅游他几乎都参与了。十几个人宛如一个大家庭，相处非常融洽。在百里杜鹃，我们愉快地度过了十多天。

心宽精神爽，饭菜自然香

同 旅

滚滚红尘人万千，

同行共游皆是缘。

以诚相待心情暖，
每日都是艳阳天。

定风波·民宿

百里杜鹃花未开，
为避酷暑依然来。
旅居民宿真自在，
谁买？
油盐柴米自安排。

凉风吹拂窗前柳，
轻抖，
阵阵饭香飘上楼。
餐后乘兴斗地主，
攻守，
谁言牌中无春秋？

告别百里杜鹃已一年有余了，昨日的风景已成了今日的故事。因为美好，即使晨雾细雨，也当成是明月清风。期待着明年、后年，能再一次畅游百里杜鹃。

第六章　温暖的港湾

惊涛骇浪，地冻天寒。风云变幻，人情冷暖。家，永远是安置灵魂的温暖港湾。

人与人之间的相遇，冥冥中自有天意。一个与你命运攸关的人，在什么时间、什么地点出现，尤为如此。

老校长杨元荣，心地善良，胆小慎微。但老师们从心底里喜欢他。他外出考察学习，不止一次带上教数学的胡俊松和教语文的我。一九六四年秋，去玉山区招生也是如此。

玉山小学的老师们看见母校的老师来了，非常热情地接待我们。恰好校门外的操场上正进行女子篮球比赛。这在当时，算是盛大的体育赛事了。于是搬上藤椅放在最佳位置，让我们一行观战。

比赛双方都是二十多岁的年轻姑娘，机关队的中锋高高的个子，匀称丰满的身材，横冲直撞非常勇猛。这无疑引起了我们的注意。挨着我坐的胡俊松不时用手肘碰我，别有一种意味深长的含义。我心里当然明白。

看完比赛，我和小学的老师们闲聊了一阵就回宿舍休息了。过了好一阵，胡俊松才兴致勃勃地回来。他神秘地对我说："打听清楚了。她叫雷朝华，二十一岁，玉山医院的医生，重庆医专毕业，工作积极，表现好。怎么样？不要错过了哟！"

我点了点头："先接触一下，了解了解再说。"

"现在就去医院。"

"不要操之过急，欲速则不达。先找个机会接触，进一步了解她的为人、性格、爱好，八九不离十了，再说进一步的话。"

胡俊松见我一副气定神闲的样子，反而有点为我着急："机不可失，千万要抓紧啊。"

"我们是来招生的，生还没有招，就搞得满堂蛤蟆叫，这成何体统？"说完，我和胡俊松都哈哈大笑起来。

我当然得抓紧，离开玉山区的当天就给她写了第一封信，接着书信不断。一年后，就谈婚论嫁了。突然有一天，我收到她的一封信，打开一看，犹如五雷轰顶。她在信中指责我隐瞒资本家的成分，欺骗了她。她不愿意让子孙后代都顶着资本家的帽子，不得不终止我们之间的关系。最后她明确表示：我们共同构建美好生活的愿望，彻底破灭了……

这是从何说起？我明明是贫民成分，怎么就成资本家了？是什么人从中搬弄是非？我又急又气，脑子乱成一锅粥。忽然又一想，是她轻信谣言要和我断绝关系，还是以此为借口，另有隐情？想来想去，越想心越烦，越想心越乱。于是，提笔在纸上写了起来：

愁压青山山欲倒，

愁情若丝何时了？

思君已断肠，

见书更烦恼。

爱春常盼花盛开，

惜春又怕花开早。

更那堪，

千古多少伤情事，

花无百日红，

人无千日好！

写完猛然一想，自己一个人瞎猜乱想有用吗？是成是吹，当面一谈不就见分晓了？对，快刀斩乱麻。如果是别人制造谎言，叫她去问组织，问题不就解决了吗？如果是借口，那就没有必要多勉强了，该结束就结束吧。于是，我赶到她家中，见她一副悲伤欲绝的样子。我说，我的成分的的确确是贫民，你去学校一问便知。她仿佛一下清醒过来：是呀，这么简单的事情，怎么会痛苦成这样？原来是巴中中学她最尊敬的某位老师，专门把她叫去告诫她的。她就信以为真，急昏了头，含着眼泪给我写了那封信。

云开雾散，和好如初。为了不好事多磨，我加快了筹备结婚的计划。

发工资那天我去了总务处。只见里面除了银行储蓄所的两个熟面孔外，还多了两个陌生人。当时，巴中师范学校教职工平均工资是全县最高的。因为巴中中学有初中部，专科学校毕业的老师较多，把平均工资拉低了。每到发工资的日子，银行储蓄所的工作人员，就会来到发工资的总务处，动员教职工们储蓄些钱。我是单身汉，没有拖家带口，是重点动员的对象。

那两个陌生人是为募捐而来的工作人员，说是河南、安徽发生了大的灾害。灾民们四处逃难，非常凄惨。因此，政府号召“一方有难，八方支援”，希望大家都能献出一点爱心。因为我家就是逃难到四川的，父母多次讲述过难民的凄苦辛酸，心里深感同情。再加上那一双双渴望的眼睛，我说：“好吧，我为结婚，一共存了三十六元钱。现在我全部捐出来。结婚那天请大家吃个喜糖就行了。”当时在人们都不富裕的情况下，三十六元可是一笔可观的数目。在场的所有人情不自禁地为我鼓起掌来。

是夜，广播里就播出了这一新闻，我要结婚的消息路人皆知了。学校也格外重视，一九六六年除夕之夜，由学校工会出面，为我们举办了一场热热闹闹的婚礼。工会委员胡俊松无疑是最忙碌的一个人。

五十年后，是我们金婚的日子。在深圳海滨，在儿子的民宿店里，坐在暖洋洋的客厅中，忘却了电视机正在播放春节联欢晚会的节目，忘却了孙儿、孙女们在身边的嬉笑追逐。我思绪万千，脑海中浮现出一幅幅我和老伴风风雨雨一路走过来的画面。一个女人把她的一生托付于我，伴随着我远离故土浪迹天涯。皱纹爬上了眉梢，青丝变成了白发。我的眼眶潮湿了，情不自禁地紧握着身边老伴的双手，激情翻涌。《走呀走……》

潮水般地涌上我的笔尖：

走呀走……

（除夕之夜，万家灯火。五十年前的今天我们走到了一起。从此，在阳光下，在风雨中，我们搀扶着走过了五十个春夏秋冬……）

走呀走，
我们走过了五十个春秋。
让彩色的记忆把缤纷的生活挽留。
我们走过寒冬的白雪。
我们迎来了春天的绿柳。
我们走过山乡的土屋，
我们迎来了华丽的高楼。
我们走过忧，走过愁，
迎来了彩虹腾空风雨后。
山还是那么峻秀，
水还是那么清幽。
我们更加紧紧地握着双手！
多少花前月下的美酒，
多少茶前饭后的温柔。
缕缕情丝编织的画面，
镌刻在心灵的屏幕上永远不会生锈飘走！

走呀走，

我们走过了五十个春秋。

从清晨走向黄昏，

从青丝走到白头。

我们走过黄河长江，

我们走过欧洲美洲。

斑斓的世界丰富了我们的人生，

甜美的生命之歌在我们身畔鸣奏。

一路走来，

有多少期盼的眼睛温暖的双手，

为我们的前进打气加油。

感恩，亲人，

感恩，朋友。

在我们金婚的日子里，

让我们捧满天红霞、一缕清风，

向你们致以最诚挚的问候！

走呀走，

我们走过了五十个春秋……

我有一个儿子、两个女儿，都大学毕业，事业有成。每一个孩子的成长都有许许多多的故事。印象最深的，是我大女儿梁樵生病的那个夜晚。

时光指向一九六九年秋天。武斗的枪声时不时地在耳边响起。一天下午，学校教工食堂晚餐开始了。我端着一碗热气腾腾的面条，正想美美地享受一番。突然有人叫我接电话，当时通信极不发达，整个学校只有校长办公室一部电话机。电话是巴中县邮局接线员打来的，说我女儿梁樵病得厉害，高烧不退，急需输液。而玉山医院的生理盐水，早就用完了。叫我去县医院买两瓶立即送去，有车坐车，无车走路。我立即大惊失色，一个奄奄一息、急需抢救的孩子的画面呈现在我的眼前。顿时一口面条也吃不下去，我丢下饭碗，立即奔向县医院。

玉山区离县城四十公里。因为武斗，早就不通车了，只能走路。有一条小路要近许多，但要翻山越岭。中途还要过两次河。我以前步行过好几次。途中有一个叫三星的小场，离场不远处两面是山，山下有一个很大的坟园。路绕坟园而过。行人稀少，阴森森的。白天路过这里心里都有点犯嘀咕。但此时此刻，我已顾不了许多了。我一咬牙：抢时间，走小路。为了抢救女儿，我什么都不怕，买了两节新电池，提着盐水，只身一人，走上夜色迷蒙的山间小道……

我身着单衣，只带了两张过河用的五角纸币，高挽裤脚，大步流星地疾步如飞。说也奇轻，此时此刻，我既不怕鬼，也不怕遇到坏人，只是怕蛇。因为天热，正是毒蛇出没的季节。我怕因为路黑，踩到蛇，被咬伤后不能行走，盐水就不能及时送到了。所以，电筒就一直亮着，可是，几个小时后，电筒的光渐渐微弱下来。

水稻收割了，一个个谷桩立在田里。夜色中，仿佛是一个个弯着腰的身影，而田埂上的青蛙，每当我经过，它就跳进田里，发出“咚”的一声水响，好像谁向田里扔了一块石头。而每次声响，都会让我惊吓一下。

夜半三更，好不容易找到船工，说了一千遍好话，总算把我渡过了河。孤单一人在山间行走许久，此时在船上，感到非常踏实、安全。很想在船上多歇息一下。可船工一个劲儿催我快走。我想也是，人家也想早点安睡。于是，只得依依不舍地下船离开，重新进入夜色迷茫的山野中。

坟园快到了。我不断警告自己，千万不要慌，即使迷路也不能乱了阵脚，自己吓自己。突然，吹来一股冷风，树叶沙沙作响。我仿佛颤抖了一下，自然地紧握电筒，但很快便镇定下来。环视了一下四周，异常冷静地大大方方地走向坟园。穿过一座座坟墓走着、走着，前面没有路了，只有一条横着的小溪。迷路了，我心里一惊。我原地不动，非常镇定地看了看四周，确定好方向，顺着山势，顺利地走出了坟园。重新行走在乡间大道上。

万籁俱寂，连秋虫也没有发出一点声响。茫茫旷野中，哪怕一声鸡鸣、一声犬吠，都会表明生命的存在，都会是一种莫大的宽慰。但是，没有，一点声音也没有，仿佛这也成为一种奢望。

到了三星场头，虽然也是黑灯瞎火的，但我知道那是一条街，街两旁是千百户人家。我终于松了一口气，才觉得口渴。是呀，走了大半夜，浑身是汗，能不口渴吗？我找到水井，咕噜咕噜灌了一肚子井水，顿时感到精神为之一振。想趁势靠着一块石碑休息一下，可是蚊子嗅到汗味，铺天盖地蜂拥而来，我实在招架不住，只得狼狈而逃。

走呀走，依旧是崎岖不平的山路，依旧是荆棘丛生的草丛。

八个小时后，我终于走到了玉山区，走到了妻子居住的小屋。

嘭，嘭，嘭。我轻叩房门。

“谁呀？”

“我。”

“你是谁呀？”妻子声音有点急促。

“我的声音你都听不出来了？”

房门开了，妻子惊恐地看着我，好半天才说出话来：“大黑夜的，你怎么来了？”

我说：“你不是打电话说樵儿病了，急需输液，叫我连夜赶来吗？”

“天呀，他们把话传错了！”妻子惊叫道。原来是说孩子发烧，可能要输液才行。叫我买两瓶盐水，明天白天送来。“没有说要连夜送来呀！”妻子仍心有余悸，“天呀，大黑夜的，幸好没有出什么事情。”

我顾不得那么多，急问：“樵儿怎样了？”

“烧都退了，看来没事了。”

我掀开蚊帐，见她安静地睡得很香。我轻轻地亲了亲她的额头，无比欣慰，丝毫没有埋怨传错话的人。

“有什么可吃的吗？”这时我才突然觉得饿得慌。

“没有吃的。今天赶场，买了两个很大的梨，很甜。”

我狼吞虎咽，一口气把两个大梨子啃完，非常惬意，既止饿，又解渴。

第二天，我夜行送水的故事传遍了整个医院，成为护士们数落自己丈夫的“武器”：“你看看人家梁老师，放到你身上，能行吗?”同时也成为急需输液的病危孩子的福音。大家都知道那两瓶宝贵的盐水没有用上，病人家属纷纷涌上了门。面对一双双焦灼、渴望的眼睛，我们不能无动于衷，分别给了两个急需抢救的孩子。

此行我终生难忘，事后，写了一组诗，非常直白，诗名叫《送水组歌》。

送水组歌

一

晚餐刚刚捧上手，
惊闻电话难下喉。
心急如焚送盐水，
只身夜行荒山丘。

二

万籁俱寂静无声，
荒山野岭独自行。
此时若遇同行客，
当比亲人还要亲。

三

水稻田里立稻桩，
无数黑影水中央。

青蛙跳水一声响，
心里顿时一惊慌。

四

不怕坏人不怕鬼，
只怕毒蛇咬伤腿。
提心吊胆过草丛，
身子虽累心更累。

五

热汗顺着面颊流，
电筒无光愁上愁。
喝口井水解暑气，
蚊虫叮咬难停留。

六

蜿蜒小道两面山，
幽幽小溪绕坟园。
深夜月昏竟迷路，
事后追忆仍胆寒。

七

深夜轻轻敲房门，
妻子闻言心吃惊。

山高路远突然到，
幸好未出大事情。

八

夜行百里成新闻，
住院病人找上门。
乞求盐水治急病，
先后救了两个人。

九

电话误传一虚惊，
四十公里连夜奔。
艰辛犯险君莫笑，
可怜天下父母心。

梁樵这次生病虽给我带来了一次冒险的经历，但她的整个成长过程却非常顺利。她从小就懂事听话，成绩优秀，教过她的老师无不赞扬她。十六岁就考取四川大学。步入社会后，事业有成，结婚生子，非常幸福。有两个人高马大的儿子。梁樵的大儿子叫孙渔。我们都亲切地叫他“小鱼儿”。三岁多就随着父母去了美国。在波士顿一所中学读书，成绩优秀。但美国高考招生，不全看分数，还要看其他方方面面。面对高考，他感到压力很大。于是，便用玩游戏来舒缓压力。梁樵看了有点着急，希望我能给他写封信，叫他合理地分配时间，从玩游戏中解脱出来。于是，我就给他写了一封信。

因为是写给外孙的，所以没有修饰，更没有讲冠冕堂皇的大道理。据梁樵说，小鱼儿看了很感动，表示要听外公的。经过刻苦努力，最终他被圣路易斯华盛顿大学提前录取。这是美国一所著名的研究型大学，光诺贝尔奖获得者就有二十多人。我当然感到很欣慰，从电脑中把这封信翻了出来，录写于下：

亲爱的小鱼儿：

你好！你是个优秀的孩子。外公曾亲眼看见你英姿飒爽地骑着自行车，从林间小道上疾驰而过。看见你在湖中劈波斩浪游向远方。昨天，又听你妈妈说你高考的得分接近满分，超过了小虫姐姐。真为你高兴，真为你自豪！

孩子，人生就是一个大舞台。要获得观众的掌声，我们就必须在台下百倍地努力，千倍地努力！世间万物，没有不吃苦、不流汗就轻易成功的。你学习的环境比你爸爸、妈妈都强。因此，长江后浪推前浪，你理所当然地应该比他们更行、更出色！

你面临升学，对你来说这是一个非常时期。听说你感到压力大。孩子，这是好事。这说明你是一个有上进心、有责任心的孩子。因为压力，才能转化为披荆斩棘、勇猛向前的动力。

在紧张的学习中，适当放松一下，舒缓舒缓压力也是必要的。但非常时期，要用非常的办法。譬如练兵，平时按时吃饭睡觉。但真的打仗了，敌军冲过来了，还能说把这杯咖啡喝了再拿枪还击吗?

平时功课做累了，玩玩游戏未尝不可。现在面临升学，要做的事太多太多了。如果再用玩游戏来舒缓情绪那就很不恰当了。时间事关学业、事关前途。具体点就是能否被一所理想的大学录取。时间真比黄金还贵哪！所以把宝贵的时间花在玩游戏上，是非常非常不明智的。

小鱼儿，你是个自尊心很强的孩子。为了不委屈自己，为了能读上理想的大学，把玩游戏的时间用在学习上，是唯一的选择。集中精力，苦学苦练，考个好大学。那时再痛痛快快地玩，岂不几全其美吗?

男人之所以感到压力大，是因为想做一个成功的人，做一个受人尊敬的人。因此，良好的教育是必不可少的。而良好的教育又与学校密切相关。所以，被理想的大学录取，是放在你眼前的首要任务。因此，暂时不玩游戏机，把精力集中起来，是你当前最明智的选择。

亲爱的小鱼儿，外公是过来人，听外公的。如果尽力了，即使没有达到目标，也于心无愧。如果没有集中精力，利用好时间，那就太可惜、太遗憾了。

外公静候你的佳音。

愿上帝保佑你！

爱你的外公

二〇二〇年八月

与两个外孙留影，大的叫小鱼儿（右），小的叫羊羊（左）。
二〇一三年，我去美国时，还抱着羊羊玩，一转眼，就人高马大了。
时光呀，时光……

二〇二三年暑假，小鱼儿来成都看我。看着一表人才的外孙，喜不自禁，在微信朋友圈中发了一首小诗：

喜见外孙

飘逸挺拔少年郎，
学分全A血气刚。
堪笑弱冠喜时尚，
胡须竟比外公长。

我和老伴曾达成一项共识：辛苦了一生，决不给子女们带孩子了。所以那些年，游欧洲，逛东南亚，玩得不亦乐乎。可是这一规矩，二〇〇三年却被小女儿梁捷打破了。那时她负责湖南的一个工程，两岁的虫儿确实无法带，只能寄居我家。看着乖巧机灵的虫儿，我们只好答应了。“虫虫”这个名字确实不雅，只因她在母腹中老是乱动，像个虫子一样，于是就获得了这一称呼。虫儿确实招人喜爱，保姆也非常疼爱她，待她就像自己的孩子一样。我们当然也省了许多心，反而为我们的生活增添了不少乐趣。她三岁时，有两件事使我非常吃惊，至今仍历历在目。一天，我们正好好地看着电视，她突然大哭起来。问她为什么。她说：“为什么他们能那样而我不能？”原来电视里播放的是授奖大会实况。先进的工作者们胸戴大红花，捧着红彤彤的奖牌。我告诉她，你还小，长大了努力工作，也一定能成为一个受人尊敬的人。还有一次，我在书房的电脑旁看着股票的K线图，虫儿东摸摸西看看，突然拉着我说：“外公，你教我炒股票吧。”

我说：“你一个孩子，炒什么股票？”

她说：“以后我老了，像你一样没用了，就在家里炒股票。”

我忍不住笑了起来：“谁说外公没用了？”

这孩子才三岁，就想到老了该怎么办，既有上进心又有自尊心，绝不会是一个当一天和尚撞一天钟混日子的人。果然，她聪明好学，成绩优异，小学期间，稳居班上第一名。她的爱好也广泛，唱歌、绘画都是强项，而钢琴老早就过了十级，二〇一三年，被深圳市红桂小学评为“十佳毕业生”。很

胡适、徐志摩、闻一多、陶行知、冯友兰等大师皆曾在哥伦比亚大学深造，希望外孙女虫儿见贤思齐，也能有所作为

大的一张相片张贴在红桂小学大门口的公示栏中。入读桂园中学，又是尖子班的尖子生。二〇一九年，考入美国哥伦比亚大学。二〇二一年二月九日，新华社以《很多中国留学生要在异乡过年》为题做了全球连线报道，图文并茂，其中的邓斯齐就是虫儿。

二〇二三年暑假，她也来到成都，在浣花溪公园给我照了好几张相。望着一米七高，清纯秀美的外孙女，想着她儿时在我身边发生的许多逸闻趣事，忍不住喜上心头，笑挂眉梢，也写了一首小诗：

虫儿 = 蜜蜂

亭亭玉立气质佳，
小小年纪走天涯。
蜜蜂酿就百花蜜，
献给祖国献给家。

虫儿说以后她老了，像外公那样没用了，就在家里炒股票。其实那时我六十多岁，并不老。正在股市中攻城拔寨，纵横驰骋，留下一段段骄人的回忆。二十年后的今天，才真正老了。人生一世，草木一秋。一枝倾情绽放的花，盛开时无须遮掩，凋零时坦然面对。

西湖灵隐寺的对联说得好：“人生哪能多如意，万事只求半称心。”所以，当有人问我：此生有遗憾吗？我回答：有，当然有！但是我都云淡风轻地一笑了之。你想，一个小县城的孩子去到另一个小县城，没有人指引，没有人点拨，单枪匹马，孤军奋斗，走点弯路不是挺正常吗？人们常说“吃一堑，长一智”，我要长一智，岂是仅吃一堑就能办到的。所以，走到今天，不求圆满。能如是，是亦足矣。但有一事，我一直耿耿于怀，难以释怀。那就是我下海经商后，完全放弃了写作。我在学校教书时，能边教书边写作，难道就不能边经商边写作吗？可我一放就是三十年，只字未写。须知那正是我创作走向成熟的黄金时期。如果这三十年我笔耕不辍，将要写出多少作品，又将是怎样一个局面？转弯固然也是一种智慧，但转弯不应把不该丢弃的东西扔掉。以至于当我得知贵州省黔剧团上演我的剧本时，才恍然大悟：感到以前把那么多东西丢掉实在可惜。而更可惜的是，可以写出很多作品的这三十年宝贵的时光。对此，我曾无限懊丧地写过一句话：我悼惜失去的年华，犹如枯死在青藤上未开的花。

时光不能倒流，人们常说在时光面前一切终将释然。但我这个遗憾却总是挥之不去。那就让人生留点遗憾吧。

尾　声

我曾和周新干约定，二〇二三年年底前，我写完《诗词伴我行》的初稿，他是第一个阅读初稿的人。时至年底，即将兑现约定时，尚齐瑞在西师中文系一九六一届同学微信群中，发出了惊人的噩耗：周新干突然病逝了！我震惊得半天说不出话来。是他，新干君，提议我写，督促我写，并去重庆参加同学聚会时当众宣布，使我骑虎难下，不得不准时完成。而他，却在我完成初稿时，撒手而去了。所以，我在同学微信群中忍不住含泪疾呼："新干，你违约了！"

周新干的女儿在电话中告诉我，周新干是突发脑出血，十二月十七日凌晨去世的。他走得平静，走得安详。而第二天，汪洋即急赴成都悼念，悲痛之极，并要了我的电话。她除了把周新干的遗作精心整理成电子版寄给我外，并一再嘱咐我书写成后，要寄一本给她。我把周新干的遗作电子版转发在西师同学微信群中，并加上了如下一段话：

汪洋，画家。网名珠海渔女。是周新干的学生，也是他的红颜知己。得知新干去世的噩耗，她立即赶赴成都。进门就泪流满面，泣不成声，去棺木前一睹遗容，随后告别返家。连夜制作了这一个如泣如歌的音像作品。成果丰硕，制作精美，是对逝者最深、最好、最诚挚的悼念。壮哉！一个有情、有义、有心的能干女人。

新干违约了，但我想，他的在天之灵是能看到的。这本书就算是对他的一个永恒的纪念吧！

汪洋为周新干画的画像，
精气神栩栩如生

宋朝著名诗人秦观的《鹊桥仙》仿佛是为新干、汪洋量身定做的："金风玉露一相逢，便胜却人间无数。"自从汪洋以画贺寿与新干交往以来，三年热恋，新干的生活发生了翻天覆地的变化。从不写诗的他，诗如潮涌，在一些杂志的评选中，连连获奖。两人一唱一和，出了不少佳作。

他们二人合作的《我多想》，二〇二三年被"词曲中国"大赛评为"词曲中国"第二届当代百首优秀作品。

我多想

我多想，我是一片白云，
你是清风一缕。
跨高山，越峻岭，
南海相聚，永不分离。

我多想，你是温柔的纸，
我是多情的笔。
你的情，我的意，
一笔一画，传递情谊。

我多想，我是你的琴弦，
你在弦上拨弄随意。
我俩琴瑟和鸣，
两情相悦，点点滴滴。

我多想，你是我心灵的乐曲，
我是那曲中的语句。
我俩词曲相和，
完美无瑕，浑然一体。

成都有家养老院，叫颐园。新千在里面住了九个月。他见两位环卫工人非常忙碌，于是便自愿帮他们扫路。环卫工人见他年事已高，且是来休养的，怎能叫他劳累呢？一再谢绝。但新干执意要扫，无论晴雨，乐此不疲。在扫路中，他得到了快乐，产生了感悟，获得了灵感，写出了被中国百家文化网等单位举办的“翰墨风华”全国诗书画大展赛一等奖的《扫路》。

扫　路

颐园有条幽僻的小路
草木峥嵘　风姿独特
走在路上　心宽神舒
我陶醉其中
自愿清扫这条路

越走越离不开她
春夏秋冬　她有自己的韵律
花开花落　都赏心悦目
她是我倾慕的情人
让我牵肠挂肚

寒冬酷暑　我都要为她洗浴
不让枯枝败叶
污染她的肌肤

扫路扫出精气神
踏歌而行 诗意更足
灵感出自情人的肺腑

天长日久 我猛然醒悟
出别人不愿出的力
走别人不肯走的路
享别人享不到的福
纵是耄耋也不庸碌

人生不断净化心路
才能特立独行 脱胎换骨
坦然接受自己的变化
有情人相伴真幸福

“两情若是久长时，又岂在朝朝暮暮。”新干在成都，汪洋在珠海，相隔数千里。牛郎、织女尚且每年农历七月初七相聚一次，他们三年有余才见了一次面。就是这次见面，新干手舞足蹈，一天步行两万多步而毫无倦意。每当谈起仍眉飞色舞，神采飞扬。

新干的出现，汪洋笑容如花；新干的离世，汪洋泪如泉涌。就这样，他们真真切切地诠释了一场感人肺腑的黄昏恋。正是：

天鹅芳心付金蟾，
千古知音有秦观。
轰轰烈烈黄昏恋，
笔者遵嘱记奇缘。

后　记

我是一个诗词爱好者，在朋友的鼓励和督促下，终于把以往写作的诗词整理成册。从诗词中，读者可以隐隐约约地看到我的成长及喜怒哀乐。

整理的过程，是一个兴奋与辛劳交织的过程。幸好我有保存资料的习惯，把工作和生活中较为重大的事件所形成的相关资料，选择性地做了一些存留。不用，是一个纪念；一旦要用，不但可以节省许多时间和精力，而且抽丝剥茧，可以回忆起许许多多相关的事情。不然的话，我为什么会把一些看似废纸的东西，从大巴山麓，辗转带到相距千里的南海之滨呢？

资料一旦丢失，对我来说是非常痛苦的。记得出版《梁阿筠现代剧作选》时，快板剧《革命分工》和小话剧《送棉衣》无影无踪，而小川剧《临江镇》只剩下达县地区文化局发的一张奖状。就像血管里白白流了一摊血，我郁郁寡欢了好些天。

人生本是一场孤独的旅行。无论是亲人还是朋友，往往都只能共行一段路程。总有一些路是一个人走，一些风景是一个人看的。而诗词伴随我的时间最长。从翩翩少年到垂垂老叟，在我的生活轨迹中，时不时都闪烁着它的身影。就凭这点缘分，我也应理所当然地把各个时期写的诗词汇集起来，做一个名副其实的诗词爱好者。

即使这是一本极不起眼的书，在成书过程中，也得到了不少朋友的帮助。我身居深圳，需要巴中的一些相关照片。有朋友闻讯后，专门为我收集和拍摄了许多照片，第一时间发来供我选择。我对在电脑上增删、编排文稿一窍不通，有朋友就不辞辛劳地十遍、二十遍地为我操劳……我曾感叹地对女儿说："人们总爱说世风日下，人心不古。我遇见的怎么都是些乐于助人的人呢？"

书，终于出版了，了结了我的一个心愿，对新干也有了一个交代。

攀登永不停，
是非由人评。
身带笔和纸，
诗词伴我行。

梁阿筠

二〇二四年春于深圳